在尘世的纷乱中，
安享自己的闲适人生

沈从文等　著

台海出版社

图书在版编目（CIP）数据

在尘世的纷乱中，安享自己的闲适人生 / 沈从文等
著 . —— 北京 : 台海出版社，2017.8
ISBN 978-7-5168-1518-2

Ⅰ . ①在… Ⅱ . ①沈… Ⅲ . ①散文集—中国—现代 ②
散文集—中国—当代 Ⅳ . ① I266

中国版本图书馆 CIP 数据核字（2017）第 190164 号

在尘世的纷乱中，安享自己的闲适人生

著　　者 | 沈从文等

责任编辑 | 刘　峰　赵旭雯　　　　策划编辑 | 魏　帆
封面设计 | 主语设计　　　　　　　责任印制 | 蔡　旭

出版发行 | 台海出版社
地　　址 | 北京市东城区景山东街20号　邮政编码：100009
电　　话 | 010 — 64041652（发行，邮购）
传　　真 | 010 — 84045799（总编室）
网　　址 | www.taimeng.org.cn/thcbs/default.htm
E — mail | thcbs@126.com

印　　刷 | 北京嘉业印刷厂
开　　本 | 880 毫米 × 1230 毫米　1/32
字　　数 | 160 千字
印　　张 | 7
版　　次 | 2017 年 10 月第 1 版
印　　次 | 2017 年 10 月第 1 次印刷
书　　号 | ISBN 978-7-5168-1518-2
定　　价 | 36.80元

目录
CONTENTS

鸭窠围的夜

沈从文

　　我仿佛触着了这世界上一点东西，看明白
了这世界上一点东西，心里软和得很。

天快黄昏时落了一阵雪子，不久就停了。天气真冷，在寒气中一切都仿佛结了冰。便是空气，也像快要冻结的样子。我包定的那一只小船，在天空大把撒着雪子时已泊了岸，从桃源县沿河而上这已是第五个夜晚。看情形晚上还会有风有雪，故船泊岸边时便从各处挑选好地方。沿岸除了某一处有片沙嘴宜于泊船以外，其余地方全是黛色如屋的大岩石。石头既然那么大，船又那么小，我们都希望寻觅得到一个能作小船风雪屏障，同时要上岸又还方便的处所。凡是可以泊船的地方，早已被当地渔船占去了。小船上的水手，把船上下各处撑去，钢钻头敲打着沿岸大石头，发出好听的声音。结果这只小船还是不能不同许多大小船只一样，在正当泊船处插了篙子，把当作锚头用的石碇抛到沙上去，尽那行将来到的风雪，摊派到这只船上。

　　这地方是个长潭的转折处，两岸是高大壁立

千丈的山，山头上长着小小竹子，长年翠色逼人。这时节，两山只剩余一抹深黑，赖天空微明为画出一个轮廓。但在黄昏里看来如一种奇迹的，却是两岸高处去水已三十丈上下的吊脚楼。这些房子莫不俨然悬挂在半空中，借着黄昏的余光，还可以把这稀奇的楼房形体，看得出个大略。这些房子同沿河一切房子有个共通相似处，便是从结构上说来，处处显出对于木材的浪费。房屋既在半山上，不用那么多木料，便不能成为房子吗？半山上也用吊脚楼形式，这形式是必需的吗？然而这条河水的大宗出口是木料。木材比石块还不值价。因此，即或是河水永远长不到处，吊脚楼房子依然存在，似乎也不应当有何惹眼惊奇了。但沿河因为有了这些楼房，长年与流水斗争的水手，寄身船中枯闷成疾的旅行者，以及其他过路人，却有了落脚处了。这些人的疲劳与寂寞是从这些房子中可以一律解除的。地方既好看，也好玩。

河面大小船只泊定后，莫不点了小小的油灯，拉了篷。各个船上皆在后舱烧了火，用铁鼎罐煮红米饭。饭焖熟后，又换锅子熬油，"哗"地把菜蔬倒进热锅里去。一切齐全了，各人蹲在舱板上三碗五碗把腹中填满后，天已夜了。水手们怕冷怕动的。收拾碗盏后，就莫不在舱板上摊开了被盖，把身体钻进那个预先卷成一筒又冷又湿的硬棉被里去休息。至于那些想喝一杯的，发了烟瘾得靠靠灯，船上烟灰又翻尽了的，或一无所为，只是不甘寂寞，好事好玩想到岸上去烤烤火谈谈天的，便莫不提了桅灯，或燃一段废缆子，摇晃着从船头跳上了岸，从一堆石头间的小路径，爬到半山上吊脚楼房子那边去，找寻自己的熟人，找寻自己的熟地。陌生人自然也有来到这条河中、来到这种吊脚楼房子里的时节，但一到地，在火堆旁小板凳上一坐，便是陌生人，即刻也就可以称为熟人乡亲了。

这河边两岸除了停泊有上下行的大小船只三十左右以外，还有无数在日前趁融雪涨水放下形体大小不一的木筏。较小的木筏，上面供给人住宿过夜的棚子也不见，一到了码头，便各自上岸找住处去了。大一些的木筏呢，则有房屋，有船只，有小小菜园与养猪养鸡栅栏，还有女眷和小孩子。

黑夜占领了全个河面时，还可以看到木筏上的火光、吊脚楼窗口的灯光，以及上岸、下船在河岸大石间飘忽动人的火炬红光。这时节，岸上、船上都有人说话，吊脚楼上且有妇人在黯淡灯光下唱小曲的声音，每次唱完一支小曲时，就有人笑嚷什么"人家吊脚楼下有匹小羊叫"。固执而且柔和的声音，使人听来觉得忧郁。我心中想着："这一定是从别一处牵来的，另外一个地方，那小畜生的母亲，一定也那么固执地鸣着吧。"算算日子，再过十一天便过年了。"小畜生明不明白只能在这个世界上活过十天八天？"明白也罢，不明白也罢，这小畜生是为了过年而赶来，应在这个地方死去的。此后固执而又柔和的声音，将在我耳边永远不会消失。我觉得忧郁起来了。我仿佛触着了这世界上一点东西，看明白了这世界上一点东西，心里软和得很。

但我不能这样子打发这个长夜。我把我的想象，追随了一个唱曲时清中夹沙的妇女声音，到她的身边去了。于是仿佛看到了一个床铺，下面是草荐，上面摊了一床用旧帆布或别的旧货做成脏而又硬的棉被，搁在床正中被单上面的是一个长方木托盘，盘中有一把小茶盏，一个小烟盒，一支烟枪，一块小石头，一盏灯。盘边躺着一个人在烧烟。唱曲子的妇人，或是袖了手捏着自己的膀子站在吃烟者的面前，或是靠在男子对面的床头，为客人烧烟。房子分两进，前面临街，地是土地，后面临河，便是所谓吊脚楼了。这些人房子窗口既一面临河，可以凭了窗口呼喊河下船中人，当船上人过了瘾，胡闹已够，下船时，或者尚有些事情嘱托，或有其他原因，一个晃着火炬停顿在大石间，一个便凭立在窗口，"大老你记着，船下行时又来。""好，我来的，我记着的。""你见了顺顺就说：会呢，完了；孩子大牛呢，脚膝骨好了。细粉带三斤，冰糖或片糖带三斤。""记得到，记得到，大娘你放心，我见了顺顺大爷就说：会呢，完了。大牛呢，好了。细粉来三斤，冰糖来三斤。""杨氏，杨氏，一共四吊七，莫错账！""是的，放心呵，你说四吊七就四吊七，年三十夜莫会要你多的！你自己记着就是了！"这样那样地说着，我一一都可听到，而且一面还可以听着在黑暗中某一处"咩咩"的羊鸣。我明白这些回船的人是上岸吃过"荤烟"了的。

我还估计得出，这些人不吃"荤烟"，上岸时只去烤烤火的，到了那些屋子里时，便多数只在临街那一面铺子里。这时节天气太冷，大门必已上好了，屋里一隅或点了小小油灯，屋中土地上必就地掘了浅凹火炉膛，烧了些树根柴块。火光煜煜，且时时刻刻爆炸着一种难于形容的声音。火旁矮板凳上坐有船上人，木筏上人，有对河住家的熟人。且有虽为天所厌弃还不自弃年过七十的老妇人，闭着眼睛蜷成一团蹲在火边，悄悄地从大袖筒里取出一片薯干或一枚红枣，塞到嘴里去咀嚼。有穿着肮脏身体瘦弱的孩子，手擦着眼睛傍着火旁的母亲打盹。屋主人有为退伍的老军人，有翻船背运的老水手，有单身寡妇。借着火光、灯光，可以看得出这屋中的大略情形，三堵木板壁上，一面必有个供奉祖宗的神龛，神龛下空处或另一面，必贴了一些大小不一的红白名片。这些名片倘若有那些好事者加以注意，用小油灯照着，去仔细检查检查，便可以发现许多动人的名衔，军队上的连附、上士、一等兵，商号中的管事，当地的团总、保正、催租吏，以及照例姓滕的船主，洪江的木筏商人，与其他各行各业人物，无所不有。这是近一二十年来经过此地若干人中一小部分的题名录。这些人各用一种不同的生活，来到这个地方，且同样地来到这些屋子里，坐在火边或靠近床边，逗留过若干时间。这些人离开了此地后，在另一世界里还是继续活下去，但除了同自己的生活圈子中人发生关系以外，与一同在这个世界上其他的人，却仿佛便毫无关系可言了。他们如今也许早已死掉了；水淹死的，枪打死的，被外妻用砒霜谋杀的，然而这些名片却依然将好好地保留下去。也许有些人已成了富人、名人，成了当地的小军阀，这些名片却仍然写着催租人、上士等等的衔头。……除了这些名片，那屋子里是不是还有比它更引人注意的东西呢？锯子、小捞兜、香烟大画片、装干栗子的口袋……

提起这些问题时使人心中很激动。我到船头上去眺望了一阵，河面静静的，木筏上火光小了，船上的灯光已很少了，远近一切只能借着水面微光看出个大略情形。另外一处的吊脚楼上，又有了妇人唱小曲的声音，灯光摇摇不定，且有猜拳声音。我估计那些灯光同声音所在处，不是木筏上的簰头在取乐，就是水手们、小商人在喝酒。妇人手指上说不定还戴了水手特别为从常德府捎带来的镀金戒指，一面唱曲，一面把那只手理着鬓角，多动人的一幅画图！我认识他们的哀乐，这一切我也有份。看他们在那里把每个日子打发下去，也是眼泪也是笑，离我虽那么远，同时又与我那么相近。这正是同读一篇描写西伯利亚的农人生活动人作品一样，使人掩卷引起无言的哀戚。我如今只用想象去领味这些人生活的表面姿态，却用过去一分经验，接触着这种人的灵魂。

羊还固执地鸣着。远处不知什么地方有锣鼓声音，那一定是某个人家禳土酬神还愿巫师的锣鼓。声音所在处，必有火燎与九品蜡照耀争辉；眩目火光下，必有头包红布的老巫师独立作旋风舞；门上、架上有黄钱；平地有装满了谷米的平斗。有新宰的猪、羊伏在木架上，头上插着小小五色纸旗。有行将为巫师用口把头咬下的活生公鸡，缚了双脚与翼翅，在土坛边无可奈何地躺卧。主人锅灶边则热了满锅猪血稀粥，灶中正火光熊熊。

邻近一只大船上，水手们已静静地睡下了，只剩余一个人吸着烟，且时时刻刻把烟管敲着船舷。也像听着吊脚楼的声音，为那点声音所激动，引起种种联想，忽然按捺自己不住了，只听到他轻轻地骂着野话，擦了支自来火，点上一段废缆，跳上岸往吊脚楼那里去了。他在岸上大石间走动时，火光便从船篷空处漏进我的船中。也是同样的情形吧，在一只装载棉军服向上行驶的船上，泊到同样的岸边，躺在成束成捆的军服上面，夜既太长，水手们爱玩牌的各蹲坐在舱板上小油灯光下玩天九，睡既不成，便胡乱穿了两套棉军服，空手上岸，借着石块间还未融尽残雪返照的微光，一直向高岸上有灯光处走去。到了街上，除了从人家门罅里露出的灯光成一条长线横卧着，此外一无所有。在计算中以为应可见到的小摊上成堆的花生，用哈德门长烟盒装着干瘪瘪的小橘子，切成小方块的片糖，以及在灯光下看守摊子把眉毛扯得极细的妇人（这些妇人无事可做时还会在灯光下做点针线的），如今什么也没有。既不敢冒昧闯进一个人家里面去，便只好又回转河边船上了。但上山时向灯光凝聚处走去，方向不会错误。下河时可糟了。糊糊涂涂在大石小石间走了许久，且大声喊着，才走近自己所坐的一只船。上船时，两脚全是泥，刚攀上船舷还不及脱鞋落舱，就有人在棉被中大喊："伙计哥子们，脱鞋呀！"把鞋脱了还不即睡，便镶到水手身旁去看牌，一直看到半夜，——十五年前自己的事，在这样地方温习起来，使人对于命运感到十分惊异。我懂得那个忽然独自跑上岸去的人，为什么上去的理由！

等了一会，邻船上那人还不回到他自己的船上来，我明白他所得的必比我多了一些。我想听听他回来时，是不是也像别的船上人，有一个妇人在吊脚楼窗口喊叫他。许多人都陆续回到船上了，这人却没有下船。我记起"柏子"。但是，同样是水上人，一个那么快乐地赶到岸上去，一个是那么寂寞地跟着别人后面走上岸去，到了那些地方，情形不会同柏子一样，也是很显然的事了。

为了我想听听那个人上船时那点推篷声音，我打算着，在一切声音全已安静时，我仍然不能睡觉。我等待那点声音。大约到午夜十二点，水面上却起了另外一种声音。仿佛鼓声，也仿佛汽油船马达转动声，声音慢慢地近了，可是慢慢地又远了。像是一个有魔力的歌唱，单纯到不可比方，也便是那种固执的单调，以及单调的延长，使一个身临其境的人，想用一组文字去捕捉那点声音，以及捕捉在那长潭深夜一个人为那声音所迷惑时节的心情，实近于一种徒劳无功的努力。那点声音使我不得不再从那个业已用被单塞好原空罐的舱门，到船头去搜索它的来源。河面一片红光，古怪声音也就从红光一面掠水而来。原来日里隐藏在大岩石下的一些小渔船，在半夜前早已静悄悄地下了拦江网。到了半夜，把一个从船头伸在水面的铁兜，盛上燃着熊熊烈火的油柴，一面用木棒槌有节奏地敲着船舷各处漂去。身在水中见了火光而来与受了柝声吃惊四窜的鱼类，便在这种情形中触了网，成为渔人的俘虏。当地人把这种捕鱼方法叫"赶白"。

一切光，一切声音，到这时节已为黑夜所抚慰而安静了，只有水面上那一分红光与那一派声音。那种声音与光明，正为着水中的鱼和水面的渔人生存的搏战，已在这河面上存在了若干年，且将在接连而来的每个夜晚依然继续存在。我弄明白了，回到舱中以后，依然默听着那个单调的声音。我所看到的仿佛是一种原始人与自然战争的情景。那声音，那火光，都近于原始人类的战争，把我带回到四五千年那个"过去"时间里去。

不知在什么时候开始，落了很大的雪，听船上人细语着，我心想：第二天我一定可以看到邻船上那个人上船时节，在岸边雪地上留下那一行足迹。那寂寞的足迹，事实上我却不曾见到，因为第二天到我醒来时，小船已离开那个泊船处很远了。

（原载1939年4月《文学》2卷4号）

旅　行

　　老舍没法儿，只好揉眼睛，把零七八碎的都放在小箱子里，而且把昨天买的三个苹果——本来是一个人一个——全偷偷地放在自己的袋子里，预备到没人的地方自家享受。

老舍把早饭吃完了，还不知道到底吃的是什么；要不是老辛往他脑袋上浇了半罐子凉水，也许他在饭厅里就又睡起觉来！老辛是外交家，衣裳穿得讲究，脸上刮得油汪汪地发亮，嘴里说着一半英国话，一半中国话，和音乐有同样的抑扬顿挫。外交家总是喜欢占点便宜的，老辛也是如此：吃面包的时候，擦双份儿黄油，而且是不等别人动手，先擦好五块面包放在自己的碟子里。老方——是个候补科学家——的举动和老舍、老辛又不同了：眼睛盯着老辛擦剩下的那一小块黄油，嘴里慢慢地嚼着一点面包皮，想着黄油的成分和制造法：设若黄油里的水分是1/7？设若搁上6/7的盐？……他还没想完，老辛很轻巧地用刀尖把那块黄油又插走了。

　　吃完早饭，老舍主张先去睡个觉，然后再说别的。老辛、老方全不赞成，逼着他去收拾东西，好赶九点四十五的火车。老舍没法儿，只好揉眼睛，把零七八碎的都放在小箱子里，而且把昨天买的三个苹果——本来是一个人一个——全偷偷地放在自己的袋子里，预备到没人的地方自家享受。

东西收拾好，会了旅馆的账，三个人跑到车站，买了票，上了车；真巧，刚上了车，车就开了。车一开，老舍手按着袋子里的苹果，又闭上眼了，老辛、老方点着了烟卷儿，开始辩论：老辛本着外交家的眼光，说昨天不该住在巴兹，应该一气儿由伦敦到布里斯托，然后由布里斯托回到巴兹来；这么办，至少也省几个先令，而且叫人家看着有旅行的经验。老方呢，哼儿哈儿地支应着老辛，不错眼珠儿地看着手表，计算火车的速度。

火车到了布里斯托，两个人把老舍推醒，就手儿把老舍袋子里的苹果全掏出去。老辛拿去两个大的，把那个小的赏给老方；老方顿时站在站台上想起牛顿看苹果的故事来了。

出了车站，老辛打算先找好旅店，把东西放下，然后再逛；老方主张先到大学里去看一位化学教授，然后再找旅馆。两个人全有充分的理由，谁也不肯让谁。老辛越说先去找旅馆好，老方越说非先去见化学教授不可。越说越说不到一块儿，越说越不贴题，结果，老辛把老方叫作"科学牛"，老方骂老辛是"外交狗"，骂完还是没办法，两个人一齐向老舍说："你说！该怎么办？说！"

老舍打了个哈欠，揉了揉眼睛，擦了擦鼻子，有气无力地说："附近就有旅馆，拍拍脑袋算一个，找着哪个就算哪个。找着了旅馆，放下东西，老方就赶紧去看大学教授。看完大学教授赶快回来，咱们就一块儿去逛。老方没回来以前，老辛可以到街上转个圈子。我呢，来个小盹儿，你们看怎么样？"

老辛、老方全笑了，老辛取消了老方的"科学牛"，老方也撤回了"外交狗"，并且一齐夸奖老舍真聪明，差不多有成"睡仙"的希望。

一拐过火车站，老方的眼睛快（因为戴着眼镜），看见一户人家的门上挂着："有屋子出租"。他没等和别人商量，一直走上前去。他还没走到那家的门口，一位没头发、没牙的老太婆从窗子缝里把鼻子伸出多远，向他说："对不起！"

老方火儿啦！还没过去问她，怎么就拒绝呀！黄脸人就这么不值钱吗！老方向来不大爱生气的，也轻易不谈国事的；被老太婆这么一气，他可真恼啦！差不多非过去打她两个嘴巴才解气！老辛笑着过来了：

"老方打算省钱不行呀！人家老太婆不肯要你这黄脸鬼！还是听我的去找旅馆！"

老方没言语，看了老辛一眼，跟着老辛去找旅馆。老舍在后面随着，一步一个哈欠，恨不能躺在街上就睡！

找着了旅馆，价钱贵一点，可是收中国人就算不错。老辛放下小箱就出去了，老方雇了一辆汽车去上大学，老舍躺在屋里就睡。

老辛、老方都回来了，把老舍推醒了，商议到哪里去玩。老辛打算先到海岸去，老方想先到查德去看古洞里的玉笋钟乳和别的与科学有关的东西。老舍没主意，还是一劲儿说困。

"你看，"老辛说，"先到海岸去洗个澡，然后回来逛布里斯托附近的地方，逛完吃饭，吃完睡——"

"对！"老舍听见这个"睡"字高兴多了。

"明天再到查德去不好么？"老辛接着说，眼睛一闭一闭地看着老方。

"海岸上有什么可看的！"老方发了言，"一片沙子，一片水，一群姑娘露着腿逗弄人，还有什么？"

"古洞有什么可看，"老辛提出抗议，"一片石头，一群人在黑洞里鬼头鬼脑地乱撞！"

"洞里的石笋最小的还要四千年才能结成，你懂得什么——"

老辛没等老方说完，就插嘴："海岸上的姑娘最老的也不过二十五岁，你懂得什么——"

"古洞里可以看地层的——"

"海岸上可以吸新鲜空气——"

"古洞里可以——"

"海岸上可以——"

两个人越说越乱，谁也不听谁的，谁也听不见谁的。嚷了一阵，两个全向着老舍来了："你说，听你的！别再耽误工夫！"

老舍一看老辛的眼睛，心里说：要是不赞成上海岸，他非把我活埋了不可！又一看老方的神气：哼，不跟着他上古洞，今儿个晚上非叫他给解剖了不可！他揉了揉眼睛说："你们所争执的不过是时间先后的问题——"

"外交家所要争的就是'先后'！"老辛说。

"时间与空间——"

老舍没等老方把时间与空间的定义说出来，赶紧说：

"这么着，先到外面去看一看，有到海岸去的车呢，便先上海岸；有到查德的车呢，便先到古洞去。我没一定的主张，而且去不去不要紧；你们要是分头去也好，我一个人在这里睡一觉，比什么都平安！"

"你出来就为睡觉吗？"老辛问。

"睡多了于身体有害！"老方说。

"到底怎么办？"老舍问。

"出去看有车没有吧！"老辛拿定了主意。

"是火车还是汽车？"老方问。

"不拘。"老舍回答。

三个人先到了火车站，到海岸的车刚开走了，还有两次车，可都是下午四点以后的。于是又跑到汽车站，到查德的汽车票全卖完了，有一家还有几张票，一看是三个中国人，成心不卖给他们。

"怎么办？"老方问。

老辛没言语。

"回去睡觉哇！"老舍笑了。

（原载1929年3月《留英学报》第3期）

一些印象

老舍

看着，老大半天，小蝶儿又飞了，来了个楞头磕脑的马蜂。

济南的秋天是诗境的。设若你的幻想中有个中古的老城，有睡着了的大城楼，有狭窄的古石路，有宽厚的石城墙，环城流着一道清溪，倒映着山影，岸上蹲着红袍绿裤的小妞儿。你的幻想中，要是这么个境界，那便是个济南。设若你幻想不出——许多人是不会幻想的——请到济南来看看吧。

　　请你在秋天来。那城，那河，那古路，那山影，是终年给你预备着的。可是，加上济南的秋色，济南由古朴的画境转入静美的诗境中了。这个诗意的秋光秋色是济南独有的。上帝把夏天的艺术赐给瑞士，把春天的赐给西湖，秋和冬的全赐了济南。秋和冬是不好分开的，秋睡熟了一点便是冬，上帝不愿意把它忽然唤醒，所以做个整人情，连秋带冬全给了济南。

　　诗的境界中必须有山有水。那么，请看济南吧。那颜色不同，方向不同，高矮不同的山，在秋色中便越发地不同了。以颜色说吧，山腰中的松树是青黑的，加上秋阳的斜射，那片青黑便多出些比灰色深、比黑色浅的颜色，把旁边的黄草盖成一层灰中透黄的阴影。山脚是镶着各色条子的，一层层的，有的黄，有的灰，有的绿，有的似乎是藕荷色儿。山顶上的色儿也随着太阳的转移而不同。山顶的颜色不同还不重要，山腰中的颜色不同才真叫人想作几句诗。山腰中的颜色，是永远在那儿变动，特别是在秋天，那阳光能够忽然清凉一会儿，忽然又温暖一会儿，这个变动并不激烈，可是，山上的颜色觉得出这个变化，而立刻随着变换。忽然黄色更真了一些，忽然又暗了一些，忽然像有层看不见的薄雾在那儿流动，忽然像有股细风替"自然"调合着彩色，轻轻地抹上一层各色俱全而全是淡美的色道儿。有这样的山，再配上那蓝的天，晴暖的阳光；蓝得像要由蓝变绿了，可又没完全绿了；晴暖得要发燥了，可是有点凉风，正像诗一样的温柔；这便是济南的秋。况且因为颜色的不同，那山的高低也更显然了。高的更高了些，低的更低了些，山的棱角曲线，在晴空中更真了，更分明了，更瘦硬了。看山顶上那个塔！

再者水。以量说，以质说，以形式说，哪儿的水能比济南？有泉——到处是泉——有河，有湖，这是由形式上分。不管是泉，是河，是湖，全是那么清，全是那么甜！哎呀，济南是"自然"的 Sweet heart（恋人）吧？大明湖夏日的莲花，城河的绿柳，自然是美好的了。可是看水，是要看秋水的。济南有秋山又有秋水，这个秋，才算个秋，因为秋神是在济南住家的。先不用说别的，只说水中的绿藻吧，那份儿绿色，除了上帝心中的绿色，恐怕没有别的东西能比拟的。这种鲜绿，全借着水的清澄显露出来，好像美人借着镜子鉴赏自己的美。是的，这些绿藻是自己享受那水的甜美呢，不是为谁看的。它们知道它们那点绿的心事，它们终年在那儿吻着水皮，做着绿色的香梦；淘气的鸭子，用黄金的脚掌碰它们一两下；浣女的影儿，吻它们的绿叶一两下。只有这个，是它们的香甜的烦恼。羡慕死诗人呀！

在秋天，水和蓝天一样的清凉。天上微微有些白云，水上微微有些波皱。天水之间，全是清明，温暖的空气，带着一点桂花的香味。山影儿也更真了，秋山秋水虚幻地吻着。山儿不动，水儿微响。那中古的老城，带着这片秋色秋声，是济南，是诗。

要知济南的冬日如何，且听下回分解。

上次说了济南的秋天，这回该说冬天。

对于一个在北平住惯的人，像我，冬天要是不刮大风，便是奇迹；济南的冬天是没有风声的。对于一个刚由伦敦回来的，像我，冬天要能看得见日光，便是怪事；济南的冬天是响晴的。自然，在热带的地方，日光是永远那么毒，响亮的天气反有点叫人害怕。可是，在北中国的冬天，而能有温晴的天气，济南真得算个宝地。

设若单单是有阳光，那也算不了出奇。请闭上眼想：一个老城，有山有水，全在蓝天下很暖和安适地睡着，只等春风来把他们唤醒；这是不是个理想的境界？

小山整把济南围了个圈儿，只有北边缺着点口儿，这一圈小山在冬天特别可爱，好像是把济南放在一个小摇篮里，它们全安静不动地低声地说：你们放心吧，这儿准保暖和。真的，济南的人们，在冬天是面上含笑的。他们一看那些小山，心中便觉得有了着落，有了依靠。他们由天上看到山上，便不觉地想起：明天也许就是春天了吧？这样的温暖，今天夜里山草也许就绿起来吧？就是这点幻想不能一时实现，他们也并不着急，因为有这样慈善的冬天，干啥还希望别的呢。

最妙的是下点小雪呀。看吧，山上的矮松越发的青黑，树尖上顶着一髻儿白花，像些小日本看护妇。山尖全白了，给蓝天镶上一道银边。山坡上有的地方雪厚点，有的地方草色还露着，这样，一道儿白，一道儿暗黄，给山们穿上一件带水纹的花衣；看着看着，这件花衣好像被风儿吹动，叫你希望看见一点更美的山的肌肤。等到快日落的时候，微黄的阳光斜射在山腰上，那点薄雪好像忽然害了羞，微微露出点粉色。就是下小雪吧，济南是受不住大雪的，那些小山太秀气。

古老的济南，城内那么狭窄，城外又那么宽敞，山坡上卧着些小村庄，小村庄的房顶上卧着点雪，对，这是张小水墨画，或者是唐代的名手画的吧。

那水呢，不但不结冰，反倒在绿藻上冒着点热气。水藻真绿，把终年贮蓄的绿色全拿出来了。天儿越晴，水藻越绿，就凭这些绿的精神，水也不忍得冻上；况且，那长枝的垂柳还要在水里照个影儿呢。看吧，由澄清的河水慢慢往上看吧，空中，半空中，天上，自上而下全是那么清亮，那么蓝汪汪的，整个的是块空灵的蓝水晶。这块水晶里，包着红屋顶，黄草山，像地毯上的小团花的小灰色树影：这就是冬天的济南。

树虽然没有叶儿，鸟儿可并不偷懒，看在日光下张着翅叫的百灵们。山东人是百灵鸟的崇拜者，济南是百灵的国。家家处处听得到它们的歌唱；自然，小黄鸟儿也不少，而且在百灵国内也很努力地唱。还有山喜鹊呢，成群地在树上啼，扯着浅蓝的尾巴飞。树上虽没有叶，有这些羽翎装饰着，也倒有点像西洋美女。坐在河岸上，看着它们在空中飞，听着溪水活活地流，要睡了，这是有催眠力的；不信你就试试；睡吧，绝冻不着你。

要知后事如何，我自己也不知道。

到了齐大，暑假还未曾完。

除了太阳要落的时候，校园里不见一个人影。那几条白石凳上面，有枫树给张着伞，便成了我的临时书房。手里拿着本书，并不见得念；念地上的树影，比读书还有趣。我看着：细碎的绿影，夹着些小黄圈，不定都是圆的，叶儿稀的地方，光也有时候透出七棱八角的一小块。小黑驴似的蚂蚁，单喜欢在这些光圈上慌手忙脚地来往过。那边的白石凳上，也印着细碎的绿影，还落着个小蓝蝴蝶，抿着翅儿，好像要睡。一点风儿，把绿影儿吹醉，散乱起来；小蓝蝶醒了，懒懒地飞，似乎是做着梦飞呢，飞了不远，落下了，抱住黄蜀菊的蕊儿。看着，老大半天，小蝶儿又飞了，来了个楞头磕脑的马蜂。

真静。往南看，千佛山懒懒地倚着一些白云，一声不出。往北看，围子墙根有时过一两个小驴，微微有点铃声。往东西看，只看见楼墙上的爬山虎。叶儿微动，像竖起的两面绿浪。往下看，四下都是绿草；往上看，看见几个红的楼尖；全不动。绿的，红的，上上下下的，像一张画，颜色固定，可是越看越好看。只有办公处的大钟的针儿，偷偷地移动，好似唯恐怕叫光阴知道似的，那么偷偷地动，从树隙里偶尔看见一个小女孩，花衣裳特别花哨，突然把这一片静的景物全刺激了一下，花儿也更红，叶儿也更绿了似的；好像她的花衣裳要带这一群颜色跳起舞来。小女孩看不见了，又安静起来。槐树上轻轻落下个豆瓣绿的小虫，在空中悬着，其余的全不动了。

园中就是缺少一点水呀！连小麻雀也似乎很关心这个，时常用小眼睛往四下找。假如园中就是有一道小溪吧，那要多么出色。溪里再有些各色的鱼，有些荷花！哪怕是有个喷水池呢，水声，和着枫叶的轻响，在石台上睡一刻钟，要做出什么有声有色有香味的梦！花木够了，只缺一点水。

短松墙觉得有点死板，好在发着一些松香；若是上面绕着些密罗松，开着些血红的小花，也许能减少一些死板气儿。园外的几行洋槐很体面，似乎缺少一些小白石凳。可是继而一想，没有石凳也好，校园的全景，就妙在只有花木，没有多少人工做的点缀，砖砌的花池咧，绿竹篱咧，全没有；这样，没有人的时候，才真像没有人，连一点人工经营的痕迹也看不出；换句话说，这才不俗气。

啊，又快到夏天了！把去年的光景又想起来；也许是盼望快放暑假吧。快放暑假吧！把这个整个的校园，还交给蜂、蝶与我吧！太自私了，谁说不是！可是我能念着树影，给诸位作首不十分好，也还说得过去的诗呢。

学校南边那块瓜地，想起来叫人口中出甜水；但是懒得动；在石凳上等着吧，等太阳落了，再去买几个瓜吧。自然，这还是去年的话；今年那块地还种瓜吗？管他种瓜还是种豆呢，反正白石凳还在那里，爬山虎也又绿起来，只等玫瑰开呀！玫瑰开，吃粽子，下雨，晴天，枫树底下，白石凳上，小蓝蝴蝶，绿槐树虫，哈，梦！再温习温习那个梦吧。

有诗为证，对，印象是要有诗为证的；不然，那印象必是多少带点土气的。我想写"春夜"，多么美的题目！想起这个题目，我自然地想作诗了。可是，不是个诗人，怎办呢？这似乎要"抓瞎"——用个毫无诗味的词儿。新诗吧？太难。脑中虽有几堆"呀""噢""唉""喽"和那俊美的"；"，和那珠泪滚滚的"！"。但是，没有别的玩艺儿，怎能把这些宝贝缀上去呢？此路不通！旧诗？又太死板，而且至少有十几年没动那些七庚八葱的东西了，不免出丑。

到底硬联成一首七律，一首不及六十分的七律；心中已高兴非常，有胜于无，好歹不论，正合我的基本哲学。好，再作七首，共合八首；即便没一首"通"的吧，"量"也足惊人不是？中国地大物博，一人能写八首"春夜"，呀！

唉！湿膝病又犯了，两膝僵肿，精神不振，终日茫然，饭且不思，何暇作诗，只有大喊"拉倒"，予无能为矣！只凑了三首，再也凑不出。

想另作一篇散文吧，又到了交稿子的时候；况且精神不好，其影响于诗与散文一也；散了吧，好歹的那三首送进去，爱要不要；我就是这个主意！反正无论怎说，我是有诗为证：

（一）

多少春光轻易去？无言花鸟夜如秋。

东风似梦微添醉，小月知心只照愁！

柳样诗思情入影，火般桃色艳成羞。

谁家玉笛三更后？山倚疏星人倚楼。

（二）

一片闲情诗境里，柳风淡淡柝声凉。

山腰月少青松黑，篱畔光多玉李黄。

心静渐知春似海，花深每觉影生香。

何时买得田千顷，遍种梧桐与海棠！

（三）

且莫贪眠减却狂，春宵月色不平常！

碧桃几树开蝴蝶，紫燕联肩梦海棠。

花比诗多怜夜短，柳如人瘦为情长。

年来潦倒漂萍似，惯与东风道暖凉。

得看这三大首！五十年之后，准保有许多人给作注解——好诗是不需注解的。我的评注者，一定说我是资本家，或是穷而倾向资本主义者，因为在第二首里，有"何时买得田千顷"之语。好，我先自己作点注吧：我的意思是买山地呀，不是买一千顷良田，全种上花木，而叫农民饿死，不是。比如千佛山两旁的秃山，要全种上海棠，那要多么美，这才是我的梦想。这不怨我说话不清，是律诗自身的别扭；一句非七个字不可，我怎能忽然来句八个九个字的呢？

得了，从此再不受这个罪；"一些印象"也不再续。暑假中好好休息，把腿养好，能加入将来远东运动会的五百里竞走，得个第一，那才算英雄好汉；诌几句不准多于七个字一句的诗，算得什么！

（原载1931年3月至6月《齐大月刊》第1卷第5、6、7、8期）

宴之趣

郑振铎

　　"慢慢的，不要这样快。喝酒的趣味，在于一小口一小口地喝，不在于'干杯'。"圣陶反抗似的说。然而，终于他是一口干了，一杯又是一杯。

虽然是冬天，天气却并不怎么冷，雨点淅淅沥沥地滴个不已，灰色的云是弥漫着；火炉的火是熄下了，在这样的秋天似的天气中，生了火炉未免是过于燠暖了。家里一个人也没有，他们都出外"应酬"去了。独自在这样的房里坐着，读书的兴趣也引不起，偶然地把早晨的日报翻着，翻着，看看它的广告，忽然想起去看The Merry Widow（《风流寡妇》）吧。于是独自地上了电车，到派克路跳下了。

在黑漆的影戏院中，乐队悠扬地奏着乐，白幕上的黑影，坐着，立着，追着，哭着，笑着，愁着，怒着，恋着，失望着，决斗着，还不是那一套，他们写了又写，演了又演的那一套故事。

但至少，我是把一句话记住在心上了：

"有多少次，我是饿着肚子从晚餐席上跑开了。"

这是一句隽妙无比的名句，借来形容我们宴

会无虚日的交际社会，真是很确切的。

　　每一个商人，每一个官僚，每一个略略交际广了些的人，差不多他们的每一个黄昏，都是消磨在酒楼菜馆之中的。有的时候，一个黄昏要赶着去赴三四处的宴会。这些忙碌的交际者，真是妓女一样，在这里坐一坐，就走开了，又赶到另一个地方去了；在那一个地方，又只略坐一坐，又赶到再一个地方去了。他们的肚子定是不会饱的，我想。有几个这样的交际者，当酒阑灯炧、应酬完毕之后，定是回到家中，叫底下人烧了稀饭来填补空肠的。

　　我们在广漠繁华的上海，简直是一个村气十足的"乡下人"。我们住的是乡下，到"上海"去一趟是不容易的，我们过的是乡间的生活，一月中难得有几个黄昏是在"应酬"场中度过的。有许多人也许要说我们是"孤介"，那是很清高的一个名辞。但我们实在不是如此，我们不过是不惯征逐于酒肉之场，始终保持着不大见世面的"乡下人"的色彩而已。

　　偶然地有几次，承一二个朋友的好意，邀请我们去赴宴。在座的至多只有三四个熟人，那一半生客，还要主人介绍或自己去请教尊姓大名，或交换名片，把应有的初见面的应酬的话讷讷地说完了之后，便默默地相对无言了。说的话都不是有着落，都不是从心里发出的；泛泛的，是几个音声，由喉咙头溜到口外的而已。过后自己想起那样的敷衍的对话，未免要为之失笑。如此的，说是一个黄昏在繁灯絮语之宴席上度过了，然而那是如何没有生趣的一个黄昏呀！

　　有几次，席上的生客太多了，除了主人之外，没有一个是认识的；请教了姓名之后，也随即忘记了。除了和主人说几句话之外，简直地无从和他们谈起。不晓得他们是什么行业，不晓得他们是什么性质的人，有话在口头也不敢随意地高谈起来。那一席宴，真是如坐针毡；精美的羹菜，一碗碗地捧上来，也不知是什么味儿。终于忍不住了，只好向主人撒一个谎，说身体不大好过，或说是还有应酬，一定要去的。——如果在谣言很多的这几天，当然是更好托辞了，说我怕戒严提早，要被留在华界之外——虽然这是无礼貌的，不大应该的，虽然主人是照例地殷勤地留着，然而我却不顾一切地不得不走了。这个黄昏实在是太难捱得过去了！回到家里以后，喝了一碗稀饭，即使只有一小盏萝卜干下稀饭，反而觉得舒畅，有意味。

如果有什么友人做喜事，或寿事，在某某花园，某某旅社的大厅里，大张旗鼓地宴客，不幸我们是被邀请了，更不幸我们是太熟的友人，不能不到，也不能道完了喜或拜完了寿，立刻就托辞溜走的，于是这又是一个可怕的黄昏。常常地张大了两眼，在寻找熟人，好容易找到了，一定要紧紧地和他们挤在一起，不敢失散。到了坐席时，便至少有两三人在一块儿可以谈谈了，不至于一个人独自地局促在一群生面孔的人当中，惶恐而且空虚。当我们两三个人在津津地谈着自己的事时，偶然抬起眼来看着对面的一个坐客，他是凄然无侣地坐着；大家酒杯举了，他也举着；菜来了，一个人说"请，请"，同时把牙箸伸到盘边，他也说"请，请"，也同样地把牙箸伸出。除了吃菜之外，他没有目的，菜完了，他便局促地独坐着。我们见了他，总要代他难过，然而他终于能够终了席方才起身离座。

宴会之趣味，如果仅是这样的，那么，我们将咒诅那第一个发明请客的人；喝酒的趣味，如果仅是这样的，那么，我们也将打倒杜康与狄奥尼修士了。

然而，又有的宴会却幸而并不是这样的。我们也还有别的可以引起喝酒的趣味的环境。

独酌，据说，那是很有意思的。我少时，常见祖父一个人执了一把锡的酒壶，把黄色的酒，倒在白瓷小杯里，举了杯独酌着；喝了一小口，真正一小口，便放下了，又拿起筷子来夹菜。因此，他食得很慢，大家的饭碗和筷子都已放下了，且已离座了，而他却还在举着酒杯，不匆不忙地喝着。他的吃饭，尚在再一个半点钟之后呢。而他喝着酒，颜微酡着，常常叫道："孩子，来。"而我们便到了他的跟前。他夹了一块只有他独享着的菜蔬放在我们口中，问道："好吃么？"我们往往以点点头答之。在孙男与孙女中，他特别地喜欢我，叫我前去的时候尤多。常常地，他把有了短髭的嘴吻着我的面颊，微微有些刺痛，而他的酒气从他的口鼻中直喷出来，这是使我很难受的。

这样的，他消磨过了一个中午和一个黄昏。天天都是如此。我没有享受过这样的乐趣。然而回想起来，似乎他那时是非常的高兴，他是陶醉着，为快乐的雾所围着，似乎他的沉重的忧郁都从心上移开了。这里便是他的整个世界，而全个世界也便是他的。

另一个宴之趣，是我们近几年所常常领略到的，那就是集合了好几个无所不谈的朋友，全座没有一个生面孔，在随意地喝着酒，吃着菜，上天下地地谈着。有时说着很轻妙的话，说着很可发笑的话，有时是如火如剑的激动的话，有时是深切的论学谈艺的话，有时是随意地取笑着，有时是面红耳热地争辩着，有时是高妙的理想在我们的谈锋上触着，有时是恋爱的遇合与家庭的、与个人的身世，使我们谈个不休。每个人都把他的心胸赤裸裸地袒开了；每个人都把他的向来不肯给人看的面孔显露出来了；每个人都谈着，谈着，谈着，只有更兴奋地谈着，毫不觉得"疲倦"是怎么一个样子。酒是喝得干了，菜是已经没有了，而他却还是谈着，谈着，谈着。那个地方，即使是很喧闹的，很湫狭的，向来所不愿意多坐的，而这时，大家却都忘记了这些事，还是谈着，谈着，谈着，没有一个人愿意先说起告别的话。要不是为了戒严或家庭的命令，竟不会有人想走开的。虽然这些闲谈都是琐屑之至的，都是无意味的，而我们却已在其间得到宴之趣了。其实在这些闲谈中，我们是时时可发现许多珠宝的；大家都互相地受着影响，大家都更进一步了解他的同伴，大家都可以从那里得到些教益与利益。

"再喝一杯，只要一杯，一杯。"

"不，不能喝了，实在的。"

不会喝酒的人，每每这样地被强迫着而喝了过量的酒，面部红红的，映在灯光之下，是向来所未有的壮美的丰采。

"圣陶，干一杯，干一杯。"我往往地举起杯来对着他说，我是很喜欢一口一杯地喝酒的。

"慢慢的，不要这样快。喝酒的趣味，在于一小口一小口地喝，不在于'干杯'。"圣陶反抗似的说。然而，终于他是一口干了，一杯又是一杯。

连不会喝酒的愈之、雁冰，有时，竟也被我们强迫地干了一杯。于是大家哄然地大笑，是发出于心之绝底的笑。

再有，佳年好节，合家团团地坐在一桌上，放了十几双的红漆筷子，连不在家中的人也都放着一双筷子，都排着一个座位。小孩子笑孜孜地闹着，吵着，母亲和祖母温和地笑着，妻子忙碌着，指挥着厨房中、厅堂中仆人们做菜、端菜，那也是特有一种融融泄泄的乐趣，为孤独者所妒羡不止的，虽然并没有和同伴们同在时那样的宴之趣。

还有，一对恋人独自在酒店的密室中晚餐；还有，从戏院中偕了妻子出来，同登酒楼喝一二杯酒；还有，伴着祖母或母亲在熊熊的炉火旁边，放了几盏小菜，闲吃着宵夜的酒，那都是使身临其境的人心醉神怡的。

宴之趣是如此的不同呀！

（原载1932年新中国书局版《海燕》）

黄昏的观前街

郑振铎

她将你紧压住了，如夜间将自己的手放在心头，做了很刺激的梦。

我刚从某一个大都市归来。那一个大都市，说得漂亮些，是乡村的气息较多于城市的。它比城市多了些乡野的荒凉况味，比乡村却又少了些质朴自然的风趣。疏疏的几簇住宅，到处是绿油油的菜圃，是蓬蒿没膝的废园，是池塘半绕的空场，是已生了荒草的瓦砾堆。晚间更是凄凉。太阳刚刚西下，街上的行人便已"寥若晨星"。在街灯如豆的黄光之下，踽踽地独行着，瘦影显得更长了，足音也格外的寂寥。远处野犬，如豹地狂吠着。黑衣的警察，幽灵似地扶枪立着。在前面的重要区域里，仿佛有"站住！""口号！"的呼叱声。我假如是喜欢都市生活的话，我真不会喜欢到这个地方；我假如是喜欢乡间生活的话，我也不会喜欢到这个所在。我的天！还是趁早走了吧。（不仅是"浩然"，简直是"凛然有归志"了！）

　　归程经过苏州，想要下去，终于因为舍不得

抛弃了车票上的未用尽的一段路资，蹉跎地被火车带过去了。归后不到二天，长个子的樊与矮而美髯的孙，却又拖了我逛苏州去。早知道有这一趟走，还不中途而下，来得便利么？

我的太太是最厌恶苏州的，她说，舒舒服服地坐在车上，走不几步，却又要下车过桥了。我也未见得十分喜欢苏州：一来，是走了几趟都买不到什么好书；二来，是住在阊门外，太像上海，而又没有上海的繁华。但这一次，我因为要换换花样，却拖他们住到城里去。不料，竟因此而得到了一次永远不曾领略到的苏州景色。

我们跑了几家书铺，天色已经渐渐地黑下来了。樊说："我们找一个地方吃饭吧。"饭馆里是那么样的拥挤，走了两三家，才得到了一张空桌。街上已上了灯。楼窗的外面，行人也是那么样的拥挤。没有一盏灯光不照到几堆子人的，影子也不落在地上，而落在人的身上。我不禁想起了某一个大城市的荒凉情景，说道："这才可算是一个都市！"

这条街是苏州城繁华的中心的观前街。玄妙观是到过苏州的人没有一个不熟悉的；那么粗俗的一个所在，未必有胜于北平的隆福寺，南京的夫子庙，扬州的教场。观前街也是一条到过苏州的人没有一个不曾经过的；那么狭小的一道街，三个人并列走着，便可以不让旁的人走，再加之以没头苍蝇似的乱攒而前的人力车，或箩或桶的一担担的水与蔬菜，混合成了一个道地的中国式的小城市的拥挤与纷乱无秩序的情形。

然而，这一个黄昏时候的观前街，却与白昼大殊。我们在这条街上舒适地散着步，男人、女人、小孩子、老年人，摩肩接踵而过，却不喧哗，也不推拥；我所得的苏州印象，这一次可说是最好。——从前不曾于黄昏时候在观前街散步过。半里多长的一条古式的石板街道，半部车子也没有，你可以安安稳稳地在街心踱方步。灯光耀耀煌煌的，铜的、布的、黑漆金字的市招，密簇簇地排列在你的头上，一举手便可触到了几块。茶食店里的玻璃匣，亮晶晶地在繁灯之下发光，照得匣内的茶食通明地映入行人眼里，似欲伸手招致他们去买几色苏制的糖食带回去。野味店的山鸡、野兔，已烹制的，或尚带着皮毛的，都一串一挂地悬在你的眼前——就在你的眼前，那香味直扑到你的鼻上。你在那里，走着，走着，你如走在一所游艺园中。你如在暮春三月，迎神赛会的当儿，挤在人群里，跟着他们跑，兴奋而感到浓趣。你如在你的少小时，大人们在做寿，或娶亲，地上铺着花毯，天上张着锦幔，长随打杂老妈丫头，客人的孩子们，全都穿戴着崭新的衣帽，穿梭似地进进出出，而你在其间，随意地玩耍，随意地奔跑。你白天觉得这条街狭小，在这时，你才觉这条街狭小得妙。她将你紧压住了，如夜间将自己的手放在心头，做了很刺激的梦；她将你紧紧地拥抱住了，如一个爱人身体的热情的拥抱；她将所有的宝藏，所有的繁华，所有的可引动人的东西，都陈列在你的面前，即在你的眼下，相去不到二尺左右，而别用一种黄昏的灯纱笼罩了起来，使他们更显得隐约而动情，如一位对窗里面的美人，如一位躲于绿帘后的少女。她假如也像别的都市巷道那样的开朗阔大，那么，便将永远感不到这种亲切的繁华的况味，你便将永远受不到这种紧紧地轧压于你的全身，你的全心的燠暖而温馥的情趣了。你平常觉得这条街闲人太多，过于拥挤，在这时，却正显得人多的好处。你看人，人也看你；你的左边是一位时装的小姐，你的右边是几位随了丈夫、父亲上城的乡姑，你的前面是一二位步履维艰的道地的苏州老，一二位尖帽薄履的苏式少年。你偶然回过头来，你的眼光却正碰在一位容光射人、衣饰过丽的少奶奶的身上。你的团团转转都是人，都是无关系的无关心的最驯良的人；你可以舒舒适适地踱着方步，一点也不用担心什么。这里没有乘机的偷盗，没有诱人入魔窟的"指导者"，也没有什么电掣风驰、左冲右撞的一切车子。每一个人都是那么安闲地散步着，川流不息地在走，肩摩踵接地在走；他们永不会猛撞你身上而过。他们是走得那么安闲，那么小心。你假如偶然过于大意地撞了人，或踏了人的足——那是极不经见的事！他们抬眼望着你，你对他们点点头，表示歉意，也就算了。大家都感到一种的亲切，一种的无损害，一种的无忧无虑的生活；大家都似躲在一个乐园中，在明月之下，绿林之间，悠闲地微步着，忘记了园外的一切。

那么鳞鳞比比的店房，那么密密接接的市招，那么耀耀煌煌的灯光，那么狭狭小小的街道，竟使你抬起头来，看不见明月，看不见星光，看不见一丝一毫的黑暗的夜天。她使你不知道黑暗，她使你忘记了这是夜间。啊，这样的一个"不夜之城"！

"不夜之城"的巴黎，"不夜之城"的伦敦，你如果要看，你且去歌剧院左近走着，你且去辟加德莱圈散步，准保你不会有一刻半秒的安逸；你得时时刻刻地担心，时时刻刻地提防着，大都市的灾害，是那么多。每个人都是匆匆地，走灯似的向前走，你也得匆匆地走；每个人都是紧张着，矜持着，你也自然地会紧张着，矜持着。你假如走惯了黄昏时候的观前街，你在那里准得是吃大苦头，除非你已将老脾气改得一干二净。你假如为店铺的窗中的陈列品所迷住了，譬如说，你要站住了仔仔细细地看一下，你准得要和后面的人猛碰一下，他必定要诧异地望了望你。虽然嘴里说的是"对不起"，你也得说"对不起"，然而你也饱受了他，以至他们的眼光的奚落。你如走到了歌剧院的阶前，你如走到了那尔逊的像下，你将见斗大的一个个市招或广告牌，闪闪在放光；一片的灯光，映射得半个天空红红的。然而那里却是如此的开朗敞阔，建筑物又是那么的宏伟，人虽拥挤，却是那样的藐小可怜，Taxi（出租车）和Bus（公共汽车）也如小甲蚁似的，在一连串地走着。大半个天空是黑漆漆的，几颗星在冷冷地睒着眼看人。大都市的繁华，终敌不住黑夜的侵袭。你在那里，立了一会，只要一会，你便将完全地领受到夜的凄凉了。像观前街那样的燠暖温馥之感，你是永远得不到的。你在那里，是孤零的，是寂寞的，算不定会有什么飞灾横祸光临到你身上，假如你要一个不小心。像在观前街的那么舒适无虑的亲切的感觉，你也是永远不会得到的。

有观前街的燠暖温馥与亲切之感的大都市，我只见到了一个委尼司（威尼斯，下同），即在委尼司的St.Mark（圣马可）广场的左近。那里也是充满了闲人，充满了紧压在你身上的燠暖的情趣的；街道也是那么狭小，也许更要狭；行人也是那么拥挤，也许更要拥挤；灯光也是那么辉辉煌煌的，也许更要辉煌。有人口口声声地称呼苏州为东方的委尼司；别的地方，我看不出，别的时候，我看不出，在黄昏时候的观前街，我却深切地感到了。——虽然观前街少了那么弘丽的Piazza of St.Mark（圣马可广场），少了那么轻妙的此奏彼息的乐队。

（原载1932年新中国书局版《海燕》）

"春朝"一刻值千金

——懒惰汉的懒惰想头之一

梁遇春

细想迟起的好处，唯我独尊地躺着，东倒西倾的小房立刻变作一座快乐的皇宫。

十年来，求师访友，足迹走遍天涯。回想起来，给我最大益处的却是"迟起"。因为我现在脑子里所有些聪明的想头，灵活的意思，多半是早上懒洋洋地赖在床上想出来的。我真应该写几句话赞美它一番，同时还可以告诉有志的人们一点迟起艺术的门径。谈起艺术，我虽然是门外汉，不过对于迟起这门艺术倒可说是一位行家，因为我既具有明察秋毫的批评能力，又带了甘苦备尝的实践精神。我天天总是在可能范围之内，尽量地滞在床上——是我们的神庙——看着射在被上的日光，暗笑四围人们无谓的匆忙；回味前夜的痴梦——那是比做梦还有意思的事——细想迟起的好处，唯我独尊地躺着，东倒西倾的小房立刻变作一座快乐的皇宫。

　　诗人、画家为着要追求自己的幻梦，实现自己的痴愿，宁可牺牲一切物质的快乐，受尽亲朋的诟骂。他们从艺术里能够得到无穷的安慰，那是他们真实的世界，外面的世界对于他们，反变成一个空虚。迟起艺术家也具有同等的精神。区区虽然不是一个迟起大师，但是对于本行艺术的确有无限的热忱——艺术家的狂热。所以，让我拿自己做个例子罢。当我是个小孩时候，我的生活由家庭替我安排，毫无艺术的自觉，早上六点就起来了。后来到北方念书去，北方的天气是培养迟起最好的沃土，许多同学又都是程度很高的迟起艺术专家，于是，绝好的环境同朋辈的切磋使我领略到迟起的深味，我的忠于艺术的热度也一天一天地增高。暑假年假回家时期，总在全家人吃完了早饭之后，我才敢动起床的念头。老父常常对我说清晨新鲜空气的好处，母亲有时提到重温稀饭的麻烦，慈爱的祖母也屡次向我姑母说"早起三日当一工"（我的姑母老是起得很早的），我虽然万分不愿意失丢大人们的欢心，但是为着忠于艺术的缘故，居然甘心得罪老人家。后来老人家知道我是无可救药的，反动了怜惜的心肠，他们早上九点钟时候走过我的房门前还是用着足尖；人们温情地放纵我们的弱点，是最容易刺动我们麻木的良心，但是，我总舍不得违弃了心爱的艺术，所以还是懊悔地照样地高卧。在大学里，有几位道貌岸然的教授对于迟到学生总是白眼相待，我不幸得很，老做他们白眼的鹄的（目标），也曾好几次下个决心早起，免得一进教室的门，就受两句冷讽。可是一年一年地过去，我足足受了四年的白眼待遇，里头的苦处，是别人想不出来的。有一年寒假，住在亲戚家里，他们晚饭的时间是很早的，所以一醒来，腹里就"咕隆"地响着。我却按下饥肠，故意想出许多有趣事情，使自己忘却了肚饿，有时饿出汗来，还是坚持着非到十时是不起来的。对于艺术，我是多么忠实，情愿牺牲。枵腹做诗的爱伦·波，真可说是我的同志。后来入世谋生，自然会忽略了艺术的追求；不过，我还是尽量地保留一向的热诚，虽然已经是够堕落了。想起我个人因为迟起所受的许多说不出的苦痛，我深深相信，迟起是一门艺术，因为只有艺术才会这样带累人，也只有艺术家，才肯这样不变初衷地往前牺牲一切。

但是，从迟起我也得到不少的安慰，总够补偿我种种的苦痛。迟起给我最大的好处是，我没有一天不是很快乐地开头的。我天天起来总是心满意足的，觉得我们住的世界无日不是春天，无处不是乐园。当我神怡气舒地躺着时候，我常常记起勃朗宁的诗："上帝在上，万物各得其所。"（鱼游水里，鸟栖树枝，我卧床上。）人生是短促的，可是若使我们有过光荣的青春，我们的一生就不能算是虚度，我们的残年很可以傍着火炉，晒着太阳，在回忆里过日子。同样地，一天的光阴是很短促的，可是若使我们有过光荣的早上（一半时间花在床上的早晨！），我们这一天就不能说是白丢了。我们其余时间可以用在追忆清早的幸福，我们青年时期若使是欢欣的结晶，我们的余生一定不会很凄凉的。青春的快乐是有影子留下的，那影子好似带了魔力，惨淡的老年给它一照，也呈出和蔼慈祥的光辉。我们一天里也是一样的，人们不是常说：一件事情好好地开头，就是已经成功一半了——那么赏心悦意的早晨是一天快乐的先导。

迟起，不单是使我天天快活地开头，还叫我们每夜高兴地结束这个日子；我们夜夜去睡时候，心里就预料到明早迟起的快乐——预料中的快乐是比当时的享受，味还长得多——这样子，我们一天的始终都是给生机活泼的快乐空气围住，这个可爱的升平景象，却是迟起一手做成的。

迟起，不仅是能够给我们这甜蜜的空气，它还能够打破我们结结实实的苦闷。人生最大的愁忧是生活的单调。悲剧是很热闹的，怪有趣的；只有那不生不死的机械式生活，才是最无聊赖的。迟起真是唯一的救济方法。你若使感到生活的沉闷，那么请你多睡半点钟（最好是一点钟），你起来一定觉得许多要干的事情没有时间做了，那么是非忙不可——"忙"是进到快乐宫的金钥，尤其那自己找来的忙碌。忙是人们体力发泄最好的法子，亚里士多德不是说过：人的快乐是生于能力变成效率的畅适。我常常在办公时间五分钟以前起床，那时候，洗脸、拭牙、进早餐，都要用最快的速度完成，全变作最浪漫的举动。当牙膏四溅，脸水横飞，一手拿着头梳，对着镜子，一面吃面包时节，谁会说人生是没有趣味呢？而且当时只怕过了时间，心中充满了冒险的情绪。这些暗地晓得不碍事的冒险兴奋，是顶可爱的东西，尤其是对于我们这班不敢真真履险的懦夫。我喜欢北方的狂风，因为当我们衔着黄沙往前进的时候，我们仿佛是斩将先登、冲锋陷阵的健儿，跟自然的大力肉搏，这是多么可歌可泣的壮举；同时，除开耳孔、鼻孔塞点沙土外，丝毫危险也没有，不管那时是怎地像煞有介事样子。冒险的嗜好，哪个人没有，不过我们胆小，不愿白丢了生命。仁爱的上帝，因此给我们卷地蔽天的刮风，做我们安稳冒险的材料。住在江南的可怜虫，找不到这一天赐的机会，只得英雄做时势，迟些起来，自己创造机会。就是放假期间，十时半起床，早餐后抽完了烟，已经十一时过了，一想到今天打算做的事情一件也没有动手，赶紧忙着起来——

天下里还有比无事忙更有趣味的事吗？若使你因为迟起挨到人家的闲话，那最少也可以打破你日常一波不兴无声无闻的生活。我想，凡是尝过生活的深味的人，一定会说痛苦比单调灰色生活强得多，因为痛苦是活的，灰色的生活却是死的象征。迟起本身好似是很懒惰的，但是它能够给我们最大的活气，使我们的生活跳动生姿；世上最懒惰不过的人们，是那般黎明即起，老早把事做好，坐着呆呆地打呵欠的人们。迟起所有的这许多安慰，除开艺术，我们哪里还找得出来呢？许多人现在还不明白迟起的好处，这也可以证明迟起是一种艺术，因为只有艺术，人们才会这样地不去睬它。

现在春天到了，"春宵苦短日高起"，五六点钟醒来，就可以看见太阳，我们可以醉也似的躺着，一直躺了好几个钟头，静听流莺的巧啭，细看花影的慢移，这真是迟起的绝好时光。能让我们天天多躺一会儿罢，别辜负了这一刻千金的"春朝"。

《懒惰汉的懒惰想头》（*Idle Thoughts of An Idle Fellow*）是当代英国小品文家Jerome K. Jerome（杰罗姆·凯·杰罗姆）的文集名字，集里所说的都是拉闲扯散、瞎三道四的废话，可是自带有幽默的深味，好似对于人生有比一般人更微妙的认识同玩味——这或者只是因为我自己也是懒惰汉。官官相卫，惺惺惜惺惺，那么也好，就随它去罢。"春宵一刻值千金"这句老话，是谁也知道的。我觉得换一个字，就可以做我的题目。连小小二句题目，都要东抄西袭凑合成的，不肯费心机自己去做一个，这也可以见我的懒惰了。

在副题目底下加了"之一"两字，自然是指明我还要继续写些这类无聊的小品文字，但是什么时候会写第二篇，那是连上帝都不敢预言的。我是那么懒惰，有时晚上想好了意思，第二天起得太早，心中一懊悔，什么好意思都忘却了。

（原载1929年5月27日《语丝》第5卷第12期）

途 中

梁遇春

　　我是个最喜欢在十丈红尘里奔走道路的人。我现在每天在路上的时间，差不多总在两点钟以上，这是已经有好几月了，我却一点也不生厌，天天走上电车，老是好像开始蜜月旅行一样。

今天是个潇洒的秋天，飘着零雨，我坐在电车里，看到沿途店里的伙计们，差不多都是懒洋洋地在那里谈天，看报，喝茶——喝茶的尤其多，因为今天实在有点冷起来了；还有些，只是倚着柜头，望望天色。总之，纷纷扰扰的十里洋场，顿然现出闲暇悠然的气概，高楼大厦的商店，好像都化作三间两舍的隐庐，里面那班平常替老板挣钱，向主顾陪笑的伙计们，也居然感到了生活余裕的乐处，正在拉闲扯散地过日，仿佛全是古之隐君子了。路上的行人也只是稀稀的几个，连坐在电车里面上银行去办事的洋鬼子们，也燃着烟斗，无聊赖地看报上的广告，平时的燥气全消，这大概是那件雨衣的效力罢！到了北站，换上去西乡的公共汽车，雨中的秋之田野，是别有一种风味的。外面的蒙蒙细雨，是看不见的，看得见的，只是车窗上不断地来临的小雨点，同河面上错杂得可喜的纤纤雨脚。此外，还有粉般的小雨点，从破了的玻璃窗进来，栖止在我的脸上。我虽然有些寒战，但是受了雨水的洗礼，精神变成格外的清醒。已撄世网，醉生梦死久矣的我，真不容易有这么清醒，这么气爽。再看外面的景色，既没有像春天那娇艳得使人们感到它的不能久留，也不像冬天那样树枯草死，好似世界是快毁灭了，却只是静默默地。一层轻轻的雨雾，若隐若现地盖着，把大地美化了许多，我不禁微吟着乡前辈姜白石的诗句，真是"人生难得秋前雨"。忽然想到，今天早上，她皱着眉头说道："这样凄风苦雨的天气，你也得跑那么远的路程，这真可厌呀！"我暗暗地微笑。她哪里晓得，我正在凭窗赏玩沿途的风光呢？她或者以为我现在必定是哭丧着脸，像个到刑场的死囚，万不会想到我正流连着这叶尚未凋，草已添黄的秋景。同情是难得的，就是错误的同情，也是无妨。所以我就让她老是这样可怜着我的仆仆风尘罢；并且，有时我有什么逆意的事情，脸上露出不豫的颜色，可以借路中的辛苦来遮掩，免得她一再追究，最后说出真话，使她平添了无数的愁绪。

其实，我是个最喜欢在十丈红尘里奔走道路的人。我现在每天在路上的时间，差不多总在两点钟以上，这是已经有好几月了，我却一点也不生厌，天天走上电车，老是好像开始蜜月旅行一样。电车上和道路上的人们，彼此多半是不相识的，所以大家都不大拿出假面孔来，比不得讲堂里、宴会上、衙门里的人们那样，彼此拼命地一味敷衍。公园、影戏院、游戏场、馆子里面的来客，个个都是眉花眼笑的，最少也装出那样子；墓地、法庭、医院、药店的主顾，全是眉头皱了几十纹的。这两下都未免太单调了，使我们感到人世的平庸无味。车子里面和路上的人们，却具有万般色相。你坐在车里，可要睁大眼睛不停地观察卅分钟，你差不多可以在所见的人们脸上，看出人世一切的苦乐感觉，同人心的种种情调。你坐在位子上，默默地鉴赏，同车的客人们老实地让你从他们的形色举止上，去推测他们的生平，同当下的心境。外面的行人——现你眼前。你尽可恣意瞧着；他们并不会晓得，而且他们是这么不断地接连走过。你很可以拿他们来彼此比较，这种普通人的行列，的确是比什么赛会都有趣得多。路上源源不绝的行人，可说是上帝设计的赛会，当然胜过了我们佳节时红红绿绿的玩意儿了。并且，在路途中，我们的心境是最宜于静观的，最能吸收外界的刺激的。我们通常总是有事干，正经事也好，歪事也好。我们的注意，免不了特别集中在一点上，只有路途中，尤其走熟了的长路，在未到目的地以前，我们的方寸是悠然的，不专注于一物，却是无所不留神的。在匆匆忙忙的一生里，我们此时才得好好地看一看人生的真况。所以无论从哪一方面说起，途中是认识人生最方便的地方。车中，船上，同人行道，可说是人生博览会的三张入场券。可惜许多人把它们当作废纸，空走了一生的路。我们有一句古话："读万卷书，行万里路。"所谓行万里路，自然是指走遍名山大川，通部大邑，但是我觉得，换一个解释也是可以。一条的路，你来往走了几万遍，凑成了万里这个数目，只要你真用了你的眼睛，你就可以算是懂得人生的人了。俗语说道："秀才不出门，能知天下事。"我们不幸未得入泮，只好多走些路，来见见世面罢！对于人生有了清澈的观照，世上的荣辱祸福不足以扰乱内心的恬静，我们的心灵因此可以获到永久的自由。可见，个个的路，都是到自由的路，并不限于罗素先生所钦定的；所怕的，就是面壁参禅，目不窥路的人们。他们自甘沦落，不肯上路，的确是无法可办。读书是间接地去了解人生，走路是直接地去了解人生，一落言诠，便非真谤。所以我觉得，万卷书可以搁开不念，万里路非放步走去不可。

了解自然，便是非走路不可。但是，我觉得，有意的旅行倒不如通常的走路那样，能与自然更见亲密。旅行的人们，心中只惦着他的目的地，精神是紧张的。实在不宜于裕然地接受自然的美景。并且，天下的风光是活的，并不拘泥于一谷一溪，一洞一岩。旅行的人们所看的，却多半是这些名闻四海的死景，人人莫名其妙地照例赞美的胜地。旅行的人们也只得依样葫芦一番，做了万古不移的传统的奴隶。这又何苦呢？并且，只有自己发现出的美景，对着我们，才会有贴心的亲切感觉，才会感动了整个心灵；而这些好景，却大抵是得之偶然的，绝不能强求。所以，有时因公外出，在火车中所瞥见的田舍风光，会深印在我们的心坎里；而花了盘川，告了病假去赏玩的名胜，倒只是如烟如雾地浮动在记忆的海里。

今年的春天同秋天，我都去了一趟杭州。每天，不是坐在划子里听着舟子的调度，就是跑山，恭敬地聆着车夫的命令；一本薄薄的指南，隐隐地含有无上的威权。等到把所谓胜景一一领略过了，重上火车，我的心好似去了重担。当我再继续过着我通常的机械生活，天天自由地东瞧西看，再也不怕受了舟子、车夫、游侣的责备，再也没有什么应该非看不可的东西，我真快乐得几乎发狂。西泠的景色，自然是渐渐消失得无影无迹，可惜消失得太慢，起先，还做了我几个噩梦的背境。当我梦到无私的车夫，带我走着崎岖难行的宝石山，或者光滑不能住足的往龙井的石路，不管我怎样求免，总是要迫我去看烟霞洞的烟霞同龙井的龙角。谢谢上帝，西湖已经不再浮现在我的梦中了。而我生平所最赏心的许多美景，是从到西乡的公共汽车的玻璃窗得来的。我坐在车里，任它一上一下，一左一右地跳荡，看着老看不完的十八世纪长篇小说，有时，闭着书随便望一望外面天气，忽然觉得青翠迎人，遍地散着香花，晴天现出不可描摹的蓝色。我顿然感到，春天已到大地。这时，我真是神魂飞在九霄云外了。再去细看一下，好景早已过去，剩下的是闸北污秽的街道。明天再走到原地，一切虽然仍旧，总觉得有所不足，与昨天是不同的。于是乎，那天的景色，永留在我的心里。甜蜜的东西，看得太久了也会厌烦，真真的好景，都该这样一瞬即逝，永不重来。婚姻制度的最大毛病也就是在于日夕聚首：将一切好处都因为太熟而化成坏处了。此外，在热狂的夏天，风雪载途的冬季，我也常常出乎意料地获到不可名言的妙境，滋润着我的心田。会心不远，真是陆放翁所谓的"何处楼台无月明"。自己培养有一个易感的心境，那么，走路的确是了解自然的捷径。

"行"，不单是可以使我们清澈地了解人生同自然，它自身又是带有诗意的，最浪漫不过的。雨雪霏霏，杨柳依依，这些境界，只有行人才有福享受的。许多奇情逸事也都是靠着几个人的漫游而产生的。《西游记》《镜花缘》《老残游记》，Cervantes（塞万提斯）的《吉诃德先生》（*Don Quixote*），Swift（斯威夫特）的《海外轩渠录》（*Gulliver's Travels*），Bunyan（班扬）的《天路历程》（*Pilgrim's Progress*），Cowper（科伯）的《痴汉骑马歌》（*John Gilpin*），Dickens（狄更斯）的 *Pickwick Papers*（《匹克威克外传》），Byron（拜伦）的 *Childe Harold's Pilgrimage*（《恰尔德·哈洛尔德游记》），Fielding（菲尔丁）

的*Joseph Andrews*（《约瑟夫·安德鲁斯》），Gogols（果戈理）的*Dead Souls*（《死魂灵》）等不可一世的杰作，没有一个不是以"行"为骨子的，所说的，全是途中的一切。我觉得，文学的浪漫题材，在爱情以外，就要数到"行"了。陆放翁是个豪爽不羁的诗人，而他最出色的杰作，却是那些纪行的七言。我们随便抄下两首，来代我们说出"行"的浪漫性罢！

剑南道中遇微雨

衣上征尘杂酒痕，远游无处不销魂，

此身合是诗人未，细雨骑驴入剑门。

南定楼遇急雨

行遍梁州到益州，今年又作度泸游，

江山重复争供眼，风雨纵横乱入楼，

人语朱离逢峒獠，棹歌欸乃下吴州，

天涯住稳归心懒，登览茫然却欲愁。

因为"行"是这么会勾起含有诗意的情绪的，所以我们从"行"可以得到极愉快的精神快乐，因此，"行"是解闷销愁的最好法子，将濒自杀的失恋人，常常能够从漫游得到安慰。我们有时心境染了凄迷的色调，散步一下，也可以解去不少的忧愁。Hawthorne（霍桑）同Edgar Allen Poe（爱伦·坡），最爱描状一个心里感到空虚的悲哀的人，不停地在城里的各条街道上回复地走了又走，以冀对于心灵的饥饿，能够暂时忘却。Dostoievsky

（陀思妥耶夫斯基）的《罪与罚》里面的Raskolnikov（拉斯柯尔尼科夫）犯了杀人罪之后，也是无目的到处乱走，仿佛走了一下，会减轻了他心中的重压。甚至于有些人对于"行"具有绝大的趣味，把别的趣味一齐压下了，Stevenson（斯蒂文森）的《流浪汉之歌》就表现出这样的一个人物。他在最后一段里说道："财富我不要，希望、爱情、知己的朋友，我也不要；我所要的，只是上面的青天同脚下的道路。"

Wealth I ask not, hope nor love,

Nor a friend to know me;

All I ask, the heaven above

And the road below me.

Walt Whitman（惠特曼）也是一个歌颂行路的诗人，他的《大路之歌》（*Song of the Road*）真是"行"的绝妙赞美诗，我就引他开头的雄浑诗句来做这段的结束罢！

Afoot and light-hearted to the open road,

Healthy, free, the world before me,

The long brown path before me leading wherever I choose.

我们从摇篮到坟墓，也不过是一条道路。当我们正寝以前，我们可说是老在途中。途中自然有许多的苦辛，然而四围的风光和同路的旅人都是极有趣的，值得我们跋涉这程路来细细鉴赏。除开这条悠长的道路外，我们并没有别的目的地，走完了这段征程，我们也走出了这个世界，重回到起点的地方了。科学家说，我们就归于毁灭了，再也不能重走上这段路途。主张灵魂不灭的人们以为，来日方长，这条路我们还能够一再重走了几千万遍。将来的事，谁去管它。也许这条路，有一天也归于毁灭。我们还是今天有路今天走罢。最要紧的是，不要闭着眼睛，朦胧一生，始终没有看到了世界。

（原载1929年11月11日《语丝》第5卷第35期）

日记与尺牍

周作人

我不能写日记，更不善写信，自己的真相仿佛在心中隐约觉到，但要写它下来，即使想定是私密的文字，总不免还有做作——这并非故意如此，实在是修养不足的缘故。

日记与尺牍，是文学中特别有趣味的东西，因为比别的文章更鲜明地表出作者的个性。诗文、小说、戏曲都是做给第三者看的，所以艺术虽然更加精练，也就多有一点做作的痕迹；信札只是写给第二个人；日记则给自己看的（写了日记预备将来石印出书的算作例外），自然是更真实、更天然的了。我自己作文觉得都有点做作，因此反动地喜看别人的日记尺牍，感到许多愉快。我不能写日记，更不善写信，自己的真相仿佛在心中隐约觉到，但要写它下来，即使想定是私密的文字，总不免还有做作——这并非故意如此，实在是修养不足的缘故，然而，因此也愈觉得别人的日记尺牍之佳妙，可喜亦可贵了。

中国尺牍向来好的很多，文章与风趣多能兼具，但最佳者，还应能显出主人的性格。《全晋文》中录王羲之杂帖，有这两章：

吾顷无一日佳，衰老之弊日至，夏不得有所噉，而犹有劳务，甚岁岁。

不审复何似？永日多少看未？九日当采菊不？至日欲共行也，但不知当晴不耳？

我觉得，这要比"奉橘三百颗"还有意思。日本诗人芭蕉（Basho）有这样一封向他的门人借钱的信，在寥寥数语中，画出一个飘逸的俳人来。

欲往芳野行脚，希惠借银五钱。此系勒借，容当奉还。唯老夫之事，亦殊难说耳。
去来君。芭蕉。

日记又是一种考证的资料。近阅汪辉祖的《病榻梦痕录》上卷，乾隆二十年项下有这几句话：

绍兴秋收大歉。次年春夏之交，米价斗三百钱，丐殍载道。

同五十九年项下又云：

夏间，米一斗，钱三百三四十文。往时，米价至一百五六十文，即有饿殍，今米常贵而人尚乐生，盖往年专贵在米，今则鱼虾蔬果无一不贵，故小贩村农俱可糊口。

66

这都是经济史的好材料，同时也可以看出他精明的性分。日本俳人一茶（Issa）的日记，一部分流行于世，最新发现刊行的为《一茶旅日记》，文化元年十二月中，有记事云：

二十七日阴，买锅。

二十九日雨，买酱。

十几个字里，贫穷之状表现无遗。同年五月项下云：

七日晴，投水男女二人浮出吾妻桥下。

此外，还多同类的记事，年月从略：

九日晴。南风，妓女花井火刑。

二十四日晴。夜，庵前板桥被人窃去。

二十五日雨。所余板桥被窃。

这些不成章节的文句，却含着不少的暗示的力量，我们读了恍忽想见作者的人物及背景，其效力或过于所作的俳句。我喜欢一茶的文集《俺的春天》，但也爱他的日记，虽然除了吟咏以外只是一行半行的纪事，我却觉得他尽有文艺的趣味。

在外国文人的日记尺牍中，有一两节关于中国人的文章，也很有意思，抄录于下，博读者之一粲。倘若读者不笑而发怒，那是介绍者的不好，我愿意赔不是，只请不要见怪原作者就好了。

夏目漱石日记，明治四十二年

七月三日

晨六时地震。夜有支那人来，站在栅门前说把这个开了。问是谁，来干什么。答说我你家里的事都听见。姑娘八位，使女三位，三块钱。完全像个疯子。说你走罢，也仍不回去。说还不走要交给警察了。答说我是钦差，随出去了。是个荒谬的东西。

以上据《漱石全集》第十一卷译出。后面是从英译《契诃夫书简集》中抄译的一封信：

契诃夫与妹书

一八九零年六月二十九日，在木拉伏夫轮船上。

我的舱里流星纷飞——这是有光的甲虫，好像是电气的火光。白昼里野羊游泳过黑龙江。这里的苍蝇很大。我和一个契丹人同舱，名叫宋路理，他屡次告诉我，在契丹，为了一点小事就要"头落地"。昨夜他吸鸦片烟醉了，睡梦中只是讲话，使我不能睡觉。二十七日，我在契丹爱珲城近地一走。我似乎渐渐地走进一个怪异的世界里去了。轮船波动，不好写字。

明天我将到伯力了。那契丹人现在起首吟他扇上所写的诗了。

十四年三月

厂 甸

周作人

　　饭是活命的，所以大家以为应该吃，但是生命之外还该有点生趣，这才觉得生活有意义。小姑娘穿了布衫，还要朵花戴戴；老婆子吃了中饭，还想买块大花糕，就是为此。

琉璃厂是我们很熟的一条街。那里有好些书店、纸店，卖印章、墨盒子的店，而且中间东首有信远斋，专卖蜜饯糖食，那有名的酸梅汤十多年来还未喝过，但是杏脯蜜枣有时却买点来吃，到底不错。不过这路也实在远，至少有十里罢，因此我也不常到琉璃厂去，虽说是很熟，也只是一个月一回或三个月两回而已。然而，厂甸又当别论。厂甸云者，阴历元旦至上元十五日间，琉璃厂附近一带的市集，游人众多，如南京的夫子庙，吾乡的大善寺也。南新华街自和平门至琉璃厂中间一段，东西路旁皆书摊；西边土地祠中，亦书摊，而较整齐；东边为海王村公园，杂售儿童食物玩具，最特殊者，有长四五尺之糖葫芦及数十成群之风车，凡玩厂甸归之妇孺几乎人手一串。自琉璃厂中间往南一段，则古玩摊咸在焉，厂东门内有火神庙，为高级古玩摊、书摊所荟萃，至于琉璃厂，则自东至西，一如平日，只是各店关门休息五天罢了。厂甸的情形真是五光十色，游人中各色人等都有，摆摊的也种种不同，适应他们的需要，儿歌中说得好：

新年来到，糖瓜祭灶。

姑娘要花，小子要炮。

老头子要戴新呢帽，

老婆子要吃大花糕。

至于我呢，我自己只想去看看几册破书，所以行踪总只在南新华街的北半截，迤南一带就不去看，若是火神庙，那简直是十里洋场，自然更不敢去问津了。

说到厂甸，当然要想起旧历新年来。旧历新年之为世诟病也，久矣，维新志士大有灭此朝食之慨，鄙见以为可不必也。问这有多少害处？大抵答语是废时失业，花钱。其实，最享乐旧历新年的农工商，他们在中国是最勤勉的人，平日不像官吏、教员、学生有七日一休沐，真是所谓终岁作苦，这时候闲散几天也不为过；还有那些小贩，趁这热闹要大做一批生意，那么正是他们工作最力之时了。过年的消费，据人家统计，也有多少万，其中，除神马炮仗等，在我看了，也觉得有点无谓外，大都是吃的、穿的、看的、玩的东西，一方面需要者愿意花这些钱去换快乐，一方面供给者出卖货物得点利润，交易而退，各得其所，不见得有什么地方不对。假如说这钱花得冤了，那么一年里人要吃一千多顿饭，算是每顿一毛，共计大洋百元，结果只做了几大缸粪，岂不也是冤枉透了么？

饭是活命的，所以大家以为应该吃，但是生命之外还该有点生趣，这才觉得生活有意义。小姑娘穿了布衫，还要朵花戴戴；老婆子吃了中饭，还想买块大花糕，就是为此。旧新年除与正朔不合外，别无什么害处，为保存万民一点生趣起见，还是应当存留。不妨如从前那样称为春节，民间一切自由，公署与学校都该放假三天以至七天。——话说得太远了，还是回过头来谈厂甸买书的事情罢。

厂甸的路还是有那么远，但是在半个月中，我去了四次。这与玄同、半农诸公比较，不免是小巫之尤，不过，在我，总是一年里的最高纪录了。二月十四日是旧元旦，下午去看一次，十八、十九、廿五这三天又去，所走过的只是所谓书摊的东路、西路，再加上土地祠，大约每走一转，要花费三小时以上。所得的结果并不很好，原因是近年较大的书店都矜重起来，不来摆摊，摊上书少而价高，像我这样"爬螺蛳船"的渔人，无可下网。然而也获得几册小书，觉得聊堪自慰。

其一是《戴氏注论语》二十卷，合订一册。大约是戴子高送给谭仲修的罢，上边有"复堂所藏"及"谭献"这两方印。这书摆在东路南头的一个摊上，我问一位小伙计要多少钱，他一查书后粘着的纸片上所写"美元"字样，答说五元。我嫌贵，他说他也觉得有点贵，但是定价要五元。我给了两元半，他让到四元半，当时就走散了。后来把这件事告诉玄同，请他去巡阅的时候留心一问，承他买来送我，书末写了一段题跋云：

民国廿三年二月廿日，启明游旧都厂甸肆，于东莞伦氏之通学斋书摊，见此谭仲修丈所藏之戴子高先生《论语注》，悦之，以告玄同。翌日廿一，玄同往游，遂购而赠启明。

跋中，廿日实是十九，盖廿日系我写信给玄同之日耳。

其二是《白华绛柎阁集》十卷，二册一函。此书我以前有，今偶然看见，问其价亦不贵，遂以一元得之。《越缦堂诗话》的编者虽然曾说："清季诗家以吾越李莼客先生为冠，《白华绛柎阁集》近百年来无与辈者。"我于旧诗是门外汉，对于作者自己"夸诩殆绝"的七古，更不知道其好处，今买此集，亦只是乡曲之见。诗中多言及故乡景物，殊有意思，如卷二《夏日行柯山里村》一首云：

> 溪桥才渡庳蓬船，村落阴阴不见天。
>
> 两岸屏山浓绿底，家家凉阁听鸣蝉。

很能写出山乡水村的风景，但是，不到过的，也看不出好来罢。

其三是两册丛书零种，都是关于陆氏《草木鸟兽虫鱼疏》的，即焦循的《诗陆氏疏疏》，南菁丛刻本，与赵佑的《毛诗陆疏校正》，聚学轩本。我向来很喜欢陆氏的《虫鱼疏》，只是难得好本子，所有的就是毛晋的《陆疏广要》和罗振玉的新校正本，而罗本又是不大好看的仿宋排印的，很觉得美中不足。

赵本据《楝亭书目》说他好，焦本列举引用书名，其次序又依《诗经》重排，也有他的特长，不过，收在大部丛书中，无从抽取，这回都得到了，正是极不易遇的偶然。翻阅一过，至"流离之子"一条，赵氏案语中云：

> 窃以鹠枭自是一物，今俗所谓猫头鹰……哺其子既长，母老不能取食以应子求，则挂身树上，子争啖之飞去，其头悬着枝，故字

74

从木上鸟，而果首之象取之。

　　猫头鹰之被诬千余年矣，近代学者也还承旧说，上文更是疏状详明有若目击，未免可笑。学者笺经非不勤苦，而于格物欠下工夫，往往以耳为目。赵书成于乾隆末，距今百五十年矣，或者亦不足怪，但不知现在何如，相信枭不食母与乌不反哺者现在可有多少人也。

廿三年三月

村里的戏班子

台上紫云班，台下都走散。

连连关庙门，东边墙壁都爬坍。

连连扯得住，只剩一担馄饨担。

"去不去到里赵看戏文？"七斤老捏住了照例的那四尺长的毛竹旱烟管站起来说。

　　"好吧。"我踌躇了一会才回答，晚饭后，舅母叫表姊妹们都去做什么事去了，反正搓不成麻将。

　　我们出门往东走，面前的石板路朦胧地发白，河水黑黝黝的，隔河小屋里"哦"的叹了一声，知道劣秀才家的黄牛正在休息。再走上去就是外赵，走过外赵才是里赵。从名字上可以知道，这是赵氏聚族而居的两个村子。

　　戏台搭在五十叔的稻地上，台屁股在半河里，泊着班船，让戏子可以上下，台前站着五六十个看客，左边有两间露天看台，是赵氏搭了请客人坐的。我因了五十婶的招待坐了上去，台上都是些堂客，老是嗑着瓜子，鼻子里闻着猛烈的头油气，戏台上点了两盏乌黢黢地发烟的洋油灯，侉侉地打着破锣，不一会儿有人出台来了，大家举眼一看，乃是多福纲司，镇塘殿的蛋船里的一位老大，头戴一顶灶司帽，大约是扮着什么朝代的皇帝。他在正面半桌背后坐了一分钟之后，出来踱了一趟，随即有一个赤背赤脚，单系一条牛头水裤的汉子，手拿两张破旧的令旗，夹住了皇帝的腰胯，把他一直送进后台去了。接着出来两三个一样赤着背，挽着纽纠头的人，起首乱跌，将他们的背脊向台板乱撞乱磕，碰得板都发跳，烟尘陡乱，据说是在"跌鲫鱼爆"，后来知道在旧戏的术语里叫作摔壳子。这一摔花了不少工夫，我渐渐有点忧虑，假如不是谁的脊梁或是台板摔断一块，大约这场跌打不会中止。好容易这两三个人都平安地进了台房，破锣又侉侉地开始敲打起来，加上了斗鼓的"格答格答"的声响，仿佛表示要有重要的事件出现了。忽然从后台唱起"呀"的一声，一位穿黄袍，手拿象鼻刀的人站在台口，台上起了喊声，似乎以小孩的呼笑为多：

"弯老，猪头多少钱一斤？……"

"阿九阿九，桥头吊酒……"

我认识这是桥头卖猪肉的阿九。他拿了象鼻刀在台上摆出好些架势，把眼睛轮来轮去的，可是在小孩们看了似乎很是好玩，呼号得更起劲了，其中夹着一两个大人的声音道：

"阿九，多卖点力气。"

一个穿白袍的撅着一枝两头枪奔出来，和阿九遇见就打，大家知道这是打更的长明，不过谁也和他不打招呼。

女客嗑着瓜子，头油气一阵阵地熏过来。七斤老靠了看台站着，打了两个呵欠，抬起头来对我说道："到那边去看看吧。"

我也不知道那边是什么，就爬下台来，跟着他走。到神桌跟前，看见桌上供着五个纸牌位，其中一张绿的知道照例是火神菩萨。再往前走进了两扇大板门，即是五十叔的家里。堂前一顶八仙桌，四角点了洋蜡烛，在搓麻将，四个人差不多都是认识的。我受了"麦镬烧"的供应，七斤老在抽他的旱烟——"湾奇"，站在人家背后看得有点入迷。胡里胡涂地过了好些时光，很有点儿倦怠，我催道，再到戏文台下溜一溜吧。

"嗡。"七斤老含着旱烟管的咬嘴答应。眼睛仍望着人家的牌，用力地喝了几口，把烟蒂头磕在地上，别转头往外走，我拉着他的烟必子，一起走到稻地上来。

戏台上乌黢黢的台亮还是发着烟，堂客和野小孩都已不见了，台下还有些看客，零零落落地大约有十来个人。一个穿黑衣的人在台上踱着。原来这还是他阿九，头戴毗卢帽，手执仙帚，小丑似的把脚一伸一伸地走路，恐怕是《合钵》里的法海和尚吧。

站了一会儿，阿九老是踱着，拂着仙帚。我觉得烟必子在动，便也跟了移动，渐渐往外赵方面去，戏台留在后边了。

忽然听得远远的破锣侉侉地响，心想：阿九这一出戏大约已做完了吧。路上记起儿童的一首俗歌来，觉得写得很好：

台上紫云班，台下都走散。
连连关庙门，东边墙壁都爬坍。
连连扯得住，只剩一担馄饨担。

十九年六月

扬州的夏日

朱自清

　　傍晚回来，在暮霭朦胧中上了岸，将大褂
折好搭在腕上，一手微微摇着扇子。

扬州从隋炀帝以来，是诗人文士所称道的地方；称道得多了，称道得久了，一般人便也随声附和起来。直到现在，你若向人提起扬州这个名字，他会点头或摇头说："好地方！好地方！"特别是没去过扬州而念过唐诗的人，在他心里，扬州真像蜃楼海市一般美丽；他若念过《扬州画舫录》一类书，那更了不得了。但在一个久住扬州像我的人，他却没有那么多美丽的幻想，他的憎恶也许掩住了他的爱好；他也许离开了三四年并不去想它。若是想呢——你说他想甚么？女人？不错，这似乎也有名，但怕不是现在的女人吧？——他只会想着扬州的夏日，虽然与女人仍然不无关系的。

　　北方和南方一个大不同，在我看，就是北方无水而南方有。诚然，北方今年大雨，永定河、大清河甚至决了堤防，但这并不能算是有水；北平的三海和颐和园虽然有点儿水，但太平衍了，一览而尽，船又那么笨头笨脑的。有水的仍然是南方。扬州的夏日，好处大半便在水上——有人称为"瘦西湖"，这个名字真是太"瘦"了，假西湖之名以行，"雅得这样俗"，老实说，我是不喜欢的。下船的地方便是护城河，曼衍开去，曲曲折折，直到平山堂——这是你们熟悉的名字——有七八里河道，还有许多权权桠桠的支流。这条河其实也没有顶大的好处，只是曲折而有些幽静，和别处不同。

沿河最著名的风景是小金山、法海寺、五亭桥；最远的便是平山堂了。金山你们是知道的，小金山却在水中央。在那里望水最好，看月自然也不错——可是我还不曾有过那样福气。"下河"的人十之九是到这儿的，人不免太多些。法海寺有一个塔，和北海的一样，据说是乾隆皇帝下江南，盐商们连夜督促匠人造成的。法海寺著名的自然是这个塔；但还有一桩，你们猜不着，是红烧猪头。夏天吃红烧猪头，在理论上也许不甚相宜；可是在实际上，挥汗吃着，倒也不坏的。五亭桥，如名字所示，是五个亭子的桥。桥是拱形，中一亭最高，两边四亭，参差相称；最宜远看，或看影子，也好。桥洞颇多，乘小船穿来穿去，另有风味。平山堂在蜀冈上。登堂可见江南诸山淡淡的轮廓："山色有无中"一句话，我看是恰到好处，并不算错。这里游人较少，闲坐在山上，可以永日。沿路光景，也以闲寂胜。从天宁门或北门下船，蜿蜒的城墙，在水里倒映着苍黝的影子，小船悠然地撑过去，岸上的喧扰像没有似的。

船有三种：大船专供宴游之用，可以挟妓或打牌。小时候常跟了父亲去，在船里听着谋得利洋行的唱片。现在这样乘船的大概少了吧？其次是"小划子"，真像一瓣西瓜，由一个男人或女人用竹篙撑着。乘的人多了，便可雇两只，前后用小凳子跨着：这也可算得"方舟"了。后来又有一种"洋划"，比大船小，比"小划子"大，上支布篷，可以遮日遮雨。"洋划"渐渐地多，大船渐渐地少，然而"小划子"总是有人要的。这不独因为价钱最贱，也因为它的伶俐。一个人坐在船中，让一个人在船尾上用竹篙一下一下地撑着，简直是一首唐诗，或一幅山水画。而有些好事的少年，愿意自己撑船，也非"小划子"不行。"小划子"虽然便宜，却也有些分别。譬如说，你们也可想到的，女人撑船总要贵些；姑娘撑的自然更要贵啰。这些撑船的女子，便是有人说过的"瘦西湖上的船娘"。船娘们的故事大概不少，但我不很知道。据说以乱头粗服，风趣天然为胜；中年而有风趣，也仍然算好。可是起初原是逢场作戏，或尚不伤廉惠；以后居然有了价格，便觉意味索然了。

北门外一带，叫作下街，"茶馆"最多，往往一面临河。船行过时，茶客与乘客可以随便招呼说话。船上人若高兴时，也可以向茶馆中要一壶茶，或一两种"小笼点心"，在河中喝着，吃着，谈着。回来时再将茶壶和所谓小笼，连价款一并交给茶馆中人。撑船的都与茶馆相熟，他们不怕你白吃。扬州的小笼点心实在不错：我离开扬州，也走过七八处大大小小的地方，还没有吃过那样好的点心；这其实是值得惦记的。茶馆的地方大致总好，名字也颇有好的。如香影廊、绿杨村、红叶山庄，都是到现在还记得的。绿杨村的幌子，挂在绿杨树上，随风飘展，使人想起"绿杨城郭是扬州"的名句。里面还有小池、丛竹、茅亭，景物最幽。这一带的茶馆布置都历落有致，迥非上海、北平方方正正的茶楼可比。

"下河"总是下午。傍晚回来，在暮霭朦胧中上了岸，将大褂折好搭在腕上，一手微微摇着扇子；这样进了北门或天宁门走回家中。这时候可以念"又得浮生半日闲"那一句诗了。

（原载1929年12月11日《白华旬刊》第4期）

看　花

朱自清

　　沿湖与杨柳相间着种了一行小桃树，春天花发时，在风里娇媚地笑着。

生长在大江北岸一个城市里，那儿的园林本是著名的，但近来却很少；似乎自幼就不曾听见过"我们今天看花去"一类话，可见花事是不盛的。有些爱花的人，大都只是将花栽在盆里，一盆盆搁在架上；架子横放在院子里。院子照例是小小的，只够放下一个架子；架上至多搁二十多盆花罢了。有时院子里依墙筑起一座"花台"，台上种一株开花的树；也有在院子里地上种的。但这只是普通的点缀，不算是爱花。

　　家里人似乎都不甚爱花；父亲只在领我们上街时，偶然和我们到"花房"里去过一两回。但我们住过一所房子，有一座小花园，是房东家的。那里有树，有花架（大约是紫藤花架之类），但我当时还小，不知道那些花木的名字；只记得爬在墙上的是蔷薇而已。园中还有一座太湖石堆成的洞门；现在想来，似乎也还好的。在那时由一个顽皮的少年仆人领了我去，却只知道跑来跑去捉蝴蝶；有时掐下几朵花，也只是随意接弄着，随意丢弃了。至于领略花的趣味，那是以后的事。夏天的早晨，我们那地方有乡下的姑娘在各处街巷，沿门叫着"卖栀子花来"。栀子花不是什么高品，但我喜欢那白而晕黄的颜色和那肥肥的个儿，正和那些卖花的姑娘有着相似的韵味。栀子花的香，浓而不烈，清而不淡，也是我乐意的。我这样便爱起花来了。也许有人会问："你爱的不是花吧？"这个我自己其实也已不大弄得清楚，只好存而不论了。

在高小的一个春天，有人提议到城外F寺里吃桃子去，而且预备白吃；不让吃就闹一场，甚至打一架也不在乎。那时虽远在五四运动以前，但我们那里的中学生却常有打进戏园看白戏的事。中学生能白看戏，小学生为甚么不能白吃桃子呢？我们都这样想，便由那提议人纠合了十几个同学，浩浩荡荡向城外而去。到了F寺，气势不凡地呵叱着"道人"们（我们称寺里的工人为道人），立刻领我们向桃园里去。"道人"们踌躇着说："现在桃树刚才开花呢。"但是谁信"道人"们的话？我们终于到了桃园里，大家都丧了气，原来花是真开着呢！这时，提议人P君便去折花。"道人"们是一直步步跟着的，立刻上前劝阻，而且用起手来。但P君是我们中最不好惹的；"说时迟，那时快"，一眨眼，花在他的手里，"道人"已踉跄在一旁了。那一园子的桃花，想来总该有些可看；我们却谁也没有想着去看，只嚷着："没有桃子，得沏茶喝！""道人"们满肚子委屈地引我们到"方丈"里，大家各喝一大杯茶。这才平了气，谈谈笑笑地进城去。大概我那时还只懂得爱一朵朵的栀子花，对于开在树上的桃花，是并不了然的；所以眼前的机会，便从眼前错过了。

以后，渐渐念了些看花的诗，觉得看花颇有些意思。但到北平读了几年书，却只到过崇效寺一次；而去得又嫌早些，那有名的一株绿牡丹还未开呢。北平看花的事很盛，看花的地方也很多；但那时，热闹的似乎也只有一班诗人名士，其余还是不相干的。那正是新文学运动的起头，我们这些少年，对于旧诗和那一班诗人名士，实在有些不敬；而看花的地方又都远不可言，我是一个懒人，便干脆地断了那条心了。后来到杭州做事，遇见了Y君，他是新诗人兼旧诗人，看花的兴致很好。我和他常到孤山去看梅花。孤山的梅花是古今有名的，但太少，又没有临水的，人也太多。有一回坐在放鹤亭上喝茶，来了一个方面有须，穿着花缎马褂的人，用湖南口音和人打招呼道："梅花盛开嗒！""盛"字说得特别重，使我吃了一惊。但我吃惊的，也只是说在他嘴里"盛"这个声音罢了，花的盛不盛，在我，倒并没有甚么的。

有一回，Y来说，灵峰寺有三百株梅花；寺在山里，去的人也少。我和Y，还有N君，从西湖边雇船到岳坟，从岳坟入山。曲曲折折走了好一会，又上了许多石级，才到山上寺里。寺甚小，梅花便在大殿西边园中。园也不大，东墙下有三间净室，最宜喝茶看花；北边有座小山，山上有亭，大约叫"望海亭"吧，望海是未必，但钱塘江与西湖是看得见的。梅树确是不少，密密地低低地整列着。那时已是黄昏，寺里只我们三个游人；梅花并没有开，但那珍珠似的繁星似的骨都儿，已经够可爱了；我们都觉得比孤山上盛开时有味。大殿上正做晚课，送来梵呗的声音，和着梅林中的暗香，真叫我们舍不得回去。在园里徘徊了一会，又在屋里坐了一会，天是黑定了，又没有月色，我们向庙里要了一个旧灯笼，照着下山。路上几乎迷了道，又两次三番地狗咬；我们的Y诗人确有些窘了，但终于到了岳坟。船夫远远迎上来道："你们来了，我想你们不会冤我呢！"在船上，我们还不离口地说着灵峰的梅花，直到湖边电灯光照到我们的眼。

Y回北平去了，我也到了白马湖。那边是乡下，只有沿湖与杨柳相间着种了一行小桃树，春天花发时，在风里娇媚地笑着。还有山里的杜鹃花也不少。这些日日在我们眼前，从没有人像煞有介事地提议："我们看花去。"但有一位S君，却特别爱养花；他家里几乎是终年不离花的。我们上他家去，总看他在那里不是拿着剪刀修理枝叶，便是提着壶浇水。我们常乐意看着。他院子里一株紫薇花很好，我们在花旁喝酒，不知多少次。白马湖住了不过一年，我却传染了他那爱花的嗜好。但重到北平时，住在花事很盛的清华园里，接连过了三个春，却从未想到去看一回。只在第二年秋天，曾经和孙三先生在园里看过几次菊花。"清华园之菊"是著名的，孙三先生还特地写了一篇文，画了好些画。但那种一盆一干一花的养法，花是好了，总觉没有天然的风趣。直到去年春天，有了些余闲，在花开前，先向人问了些花的名字。一个好朋友是从知道姓名起的，我想，看花也正是如此。恰好Y君也常来园中，我们一天三四趟地到那些花下去徘徊。今年，Y君忙些，我便一个人去。我爱繁花老干的杏，临风婀娜的小红桃，贴梗累累如珠的紫荆；但最恋恋的是西府海棠。海棠的花繁得好，也淡得好；艳极了，却没有一丝荡意。疏疏的高干子，英气隐隐逼人。可惜没有趁着月色看过；王鹏运有两句词道："只愁淡月朦胧影，难验微波上下潮。"我想，月下的海棠花，大约便是这种光景吧。为了海棠，前两天在城里特地冒了大风到中山公园去，看花的人倒也不少；但不知怎的，却忘了畿辅先哲祠。Y告我，那里的一株，遮住了大半个院子；别处的都向上长，这一株却是横里伸张的。花的繁，没有法说；海棠本无香，昔人常以为恨，这里花太繁了，却酝酿出一种淡淡的香气，使人久闻不倦。Y告我，正是刮了一日还不息的狂风的晚上。他是前一天去的。他说他去时，地上已有落花了，这一日一夜的风，准完了。他说北平看花，是要赶着看的：春光太短了，又晴的日子多；今年算是有阴的日子了，但狂风还是逃不了的。我说北平看花，比别处有意思，也正在此。这时候，我似乎不甚菲薄那一班诗人名士了。

一九三〇年四月

（原载1930年5月4日《清华周刊》第33卷第9期）

圣诞节

朱自清

　　有些旧人家愿意上午第一个进门的是个头发深、气色黑些的人，说这样人带进新年是吉利的。朋友的房东太太那早晨特意通电话请一家熟买卖的掌柜上她家去；他正是这样的人。

十二月二十五日，圣诞节。英国人过圣诞节，好像我们旧历年的味儿。习俗上，宗教上，这一日简直就是"元旦"。据说，七世纪时便已如此，十四世纪至十八世纪中叶，虽然将"元旦"改到三月二十五日，但是以后情形又照旧了。至于一月一日，不过名义上的岁首，他们向来是不大看重的。

这年头，人们行乐的机会越过越多，不在乎等到逢年过节；所以年情节景一回回地淡下去。像从前那样热狂地期待着，热狂地受用着的事情，怕只在老年人的回忆、小孩子的想象中存在着罢了。大都市里特别是这样；在上海就看得出，不用说更繁华的伦敦了。再说，这种不景气的日子，谁还有心肠认真找乐儿？所以虽然圣诞节，大家也只点缀点缀，应个景儿罢了。

可是邮差却忙坏了，成千成万的贺片经过他们的手。贺片之外还有月份牌。这种月份牌一点儿大，装在卡片上，也有画，也有吉语。花样也不少，却比贺片差远了。贺片分两种，一种填上姓名，一种印上姓名。交游广的用后一种，自然贵些；据说前些年也得钩心斗角地出花样，这一年却多半简简单单的，为的好省些钱。前一种却不同，各家书纸店得抢买主，所以花色比以先还多些。不过据说也没有十二分新鲜出奇的样子，这个究竟只是应景的玩意儿呀。但是在一个外国人眼里，五光十色，也就够瞧的。曾经到旧城一家大书纸店里看过，样本厚厚的四大册，足有三千种之多。

样本开头是皇家贺片：英王的是圣保罗堂图；王后的内外两幅画，其一是花园图；威尔士亲王的是候人图；约克公爵夫妇的是一六六零年圣詹姆士公园冰戏图；马利公主的是行猎图。圣保罗堂庄严宏大，下临伦敦城；园里的花透着上帝的微笑；候人比喻好运气和欢乐在人生的大道上等着你；圣詹姆士公园（在圣詹姆士宫南）代表宫廷，溜冰和行猎代表英国人运动的嗜好。那幅溜冰图古色古香，而且十足神气。这些贺片原样很大，也有小号的，谁都可以买来填上自己名字寄给人。此外有全金色的，晶莹照眼；有"蝴蝶翅"的，闪闪的宝蓝光；有雕空嵌花纱的，玲珑剔透，如嚼冰雪；又有羊皮纸仿四折本的；嵌铜片小风车的；嵌彩玻璃片圣母像的；嵌剪纸的鸟的；在猫头鹰头上粘羊毛的：都为的叫人有实体感。

太太们也忙得可以的，张罗着亲戚朋友丈夫孩子的礼物，张罗着装饰屋子、圣诞树、火鸡等等。节前一个礼拜，每天电灯初亮时，上牛津街一带去看，步道上挨肩擦背匆匆来往的，满是办年货的；不用说，是太太们多。装饰屋子有两件东西不可没有，便是冬青和"苹果寄生"（mistletoe）的枝子。前者教堂里也用，后者却只用在人家里；大都插在高处。冬青取其青，有时还带着小红果儿；用以装饰圣诞节，由来已久，有人疑心是基督教徒从罗马风俗里捡来的。"苹果寄生"带着白色小浆果儿，却是英国土俗，至晚十七世纪初就用它了。从前在它底下，少年男人可以和任何女子接吻；但接吻后，他得摘掉一粒果子。果子摘完了，就不准再在下面接吻了。

圣诞树也有种种装饰，树上挂着给孩子们的礼物，装饰的繁简大约看人家的情形。我在朋友的房东太太家看见的只是小小一株；据说从乌尔乌斯三六公司（货价只有三便士、六便士两码）买来，才六便士，合四五毛钱。可是放在餐桌上，青青的，的里瓜拉挂着些耀眼的玻璃球儿，绕着树更安排些"哀斯基摩人"一类小玩意，也热热闹闹地凑趣儿。圣诞树的风俗是从德国来的；德国也许是从斯堪第那维亚传下来的。斯堪第那维亚神话里有所谓世界树，叫做"乙格抓西儿"（YgDgdrasil），用根和枝子联系着天、地、幽冥三界。这是株枯树，可是滴着蜜。根下是诸德之泉；树中间坐着一只鹰，一只松鼠，四只公鹿；根旁一条毒蛇，老是啃着根。松鼠上下窜，在顶上的鹰与聪敏的毒蛇之间挑拨是非。树震动不得，震动了，地底下的妖魔便会起来捣乱。想着这段神话，现在的圣诞树真是更显得温暖可亲了。圣诞树和那些冬青、"苹果寄生"，到了来年六日一齐烧去；烧的时候，在场的都动手，为的是分点儿福气。

圣诞节的晚上，在朋友的房东太太家里，照例该吃火鸡、酸梅布丁；那位房东太太手头颇窘，却还卖了几件旧家具，买了一只二十二磅重的大火鸡来过节。可惜女仆不小心，烤枯了一点儿；老太太自个儿唠叨了几句，大节下，也就算了。可是火鸡味道也并不怎样特别似的。吃饭时候，大家一面扔纸球，一面扯花炮——两个人扯，有时只响一下，有时还夹着小纸片儿，多半是带着"爱"字儿的吉语。饭后做游戏，有音乐椅子（椅子数目比人少一个；乐声止时，众人抢着坐），掩目吹蜡烛，抓瞎，抢人（分队），抢气球等等，大家居然一团孩子气。最后还有跳舞。这一晚过去，第二天差不多什么都照旧了。

新年大家若无其事地过去；有些旧人家愿意上午第一个进门的是个头发深、气色黑些的人，说这样人带进新年是吉利的。朋友的房东太太那早晨特意通电话请一家熟买卖的掌柜上她家去；他正是这样的人。新年也卖历本；人家常用的是老摩尔历本（Old Moore's Almanack），书纸店里买，价钱贱，只两便士。这一年的，面上印着"乔治王陛下登极第二十三年"；有一块小图，画着日、月、星、地球，地球外一个圈儿，画着黄道十二宫的像，如"白羊""金牛""双子"等。古来星座的名字，取像于人物，也另有风味。历本前有一整幅观像图，题道，"将来怎样？""老摩尔告诉你。"从图中看，老摩尔创于一千七百年，到现在已经二百多年了。每月一面，上栏可以说是"推背图"，但没有神秘气；下栏分日数，星期，大事记，日出没时间，月出没时间，伦敦潮汐，时事预测各项。此外还有月盈缺表，各港潮汐表，行星运行表，三岛集期表，邮政章程，大路规则，做点心法，养家禽法，家事常识。广告也不少，卖丸药的最多，满是给太太们预备的；因为这种历本原是给太太们预备的。

一九三四年十二月十五至十七日作

（原载1935年2月1日《中学生》第52号）

吹胰子泡

徐志摩

可是妈呀，你不能张着口吹，直吹，球就破，你得把你那口，圆成一个小圆洞儿再吹，那就不破了。

小粲粉嫩的脸上，流着两道泪沟，走来对他娘说："所有的好东西全没有了，全破了。我方才同大哥一起吹胰子泡，他吹一个小的，我也吹一个小的，他吹一个大的，我也吹一个大的，有的飞了上去，有的闪下地去，有的吹得太大了，涨破了。大哥说，他们是白天的萤火虫，一会儿见，一会儿不见。我说，他们是仙人球，上面有仙女在那里画花，你看，红的，绿的，青的，白的，多么好看；但是仙女的命多是很短，所以一会儿就不见了。后来，我们想吹一个顶大的，顶大、顶圆、顶好看的球，上面要有许多画花的仙女，十个二十个还不够。吹成功了，慢慢地放上天去，（那时候，天上刚有一大块好看的红云，那便是仙女的家），岂不是好？我们，我同大哥，就慢慢地吹，慢慢地换气，手也顶小心地，拿着麦管子，一动也不敢动，我几乎笑了，大哥也快笑了，球也慢慢地大了，像圆的鸽蛋，像圆的鸡蛋，像圆的鸭蛋，像圆的鹅蛋，（妈，鹅蛋不是比鸭蛋大吗？），像妹妹的那个大皮球！球大了，花也慢慢多了，仙女到得也多了，那球老是轻轻地动着，像发抖。我想，一定是那些仙女看了我们迸着气，板着脸，鼓着腮帮子，太可笑的样子，在那里笑话我们，像妹妹一样地傻笑，可没有声音。后来，奶妈在旁边说：'好了，再吹就破了。'我们就轻轻地把嘴唇移开了麦管口，手发抖，脚也不敢动，好容易把那麦管口挂着的好宝贝举起来，真是宝贝，我们乐极了。我们就轻轻地把那满是仙女的球往空中一掷，赶快仰起一双嘴，尽吹。可是妈呀，你不能张着口吹，直吹，球就破，你得把你那口，圆成一个小圆洞儿再吹，那就不破了。大哥比我吹得更好，他吹，我也吹，我又吹，吹得那盏五彩的灯儿摇摇摆摆的，上上下下的，尽在空中飞着，像个大花蝶。我呀，又着急，又乐，又要笑，又不敢笑开口，开口一吹，球儿就破，奶妈看得也笑了；妹子奶妈抱着，也乐疯了，尽伸着一双小手，想去抓那球——她老爱抓花蝶儿，可没有抓到；竹子也笑了，笑得摇头弯腰的。

"球飞到了竹子旁边，险得很，差一点让扎破了。那球在太阳光里溜着，真美，真好看，那些仙女画好了，都在那里拉着手儿跳舞；跳的仙女舞，真好看。我们正吹得浑身都痛，想把他吹上天去，哪儿知道出乱子了。我们在花厅前面不是有个燕子窠，他们不是早晚尽闹，那只尾巴又细又白的，真不知趣，早不飞，晚不飞，谁都不愿意他飞，他倒飞了出来，一飞呀，就捣乱，他开着口，一面叫，一面飞，他那张贪嘴，刚巧撞着快飞上天的球儿，一撞呀，什么球呀，蛋呀，蝴蝶呀，画呀，仙女呀，笑呀，全没有了，全不见了，全让那白燕的贪嘴吞了下去，连仙女都吞了！妈呀，你看可气不可气，我就哭了。"

（原载1923年4月15日《努力》第48期）

雨后虹

徐志摩

这里"品林嘭朗"，那里也"品林嘭朗"，
原来又炎热又乏味的下午忽然变得这样异常地
闹热，小孩哪一个不欢迎。

我记得儿时在家塾中读书，最爱夏天的打阵。塾前是一个方形铺石的"天井"，其中有石砌的金鱼潭，周围杂生花草，几个积水的大缸，几盆应时的鲜花——这是我们的"大花园"。南边的夏天下午，蒸热得厉害，全靠傍晚一阵雷雨来驱散暑气。黄昏时满天星出，凉风透院，我常常袒胸跣足和姊嫂兄弟婢仆杂坐在门口"风头里"，随便谈笑，随便歌唱，算是绝大的快乐。但在白天不论天热得连气都转不过来，可怜的"读书官官"们，还是照常临帖习字，高喊着"黄鸟黄鸟"，"不亦说乎"；虽则手里一把大蒲扇，不住地扇动，满须满腋的汗，依旧蒸炉似的透发，先生亦还是照常抽他的大烟，哼他的《清平乐府》。在这样烦溽的时候，对面四丈高白墙上的日影忽然隐息，清朗的天上忽然满布了乌云，花园里的水缸盆景也沉静暗淡，仿佛等候什么重大的消息，书房里的光线也渐渐减淡，直到先生榻上那只烟灯，原来只像一磷鬼火，大放光明，满屋子里的书桌，墙上的字画，天花板上挂的方玻璃灯，都像变了形，怪可怕的。突然一股尖劲的凉风，穿透了重闷的空气，从窗外吹进房来，吹得我们毛骨悚然，满身腻烦的汗，几乎结冰，这感觉又痛快又难过。但我们那时的注意，却不在身体上，而在这凶兆所预告的大变，我们新学得的什么：洪水泛滥、混沌、天翻地覆、皇天震怒，等等字句，立刻在我们小脑子的内库里跳了出来，益发引起孩子们：只望烟头起的本性。我们在这阴迷的时刻，往往相顾悍然，热性放开，大噪狂读，身子也狂摇得连生机都磔格作响。

同时，沉闷的雷声，已经在屋顶发作，再过几分钟，只听得庭心里石板上劈拍有声，仿佛马蹄在那里踢踏；重复停了；又是一小阵沥淅；如此作了几次阵势，临了紧接着坍天破地的一个或是几个霹雳——我们孩子早把耳朵堵住——扁豆大的雨块，就狠命狂倒下来，屋溜、屋檐、屋顶、墙角里的碎碗破铁罐，一齐同情地反响；楼上婢仆争收晒件的慌张咒笑声、关窗声；间壁小孩的欢叫；雷声不住地震吼；天井里的鱼潭小缸，早已像煮沸的小壶，在那里狂流溢——我们很替可怜的金鱼们担忧；那几盆嫩好的鲜花，也不住地狂颤；阴沟也来不及收吸这汤汤的流水，石天井顷刻名副其实，水一直满出了尺半的阶沿，不好了！书房里的地平砖上都是水了！闪电像蛇似钻入室内，连先生肮脏的炕床都照得铄亮；有时外面厅梁上住家的燕子，也进我们书房来避难，东扑西投，情形又可怜又可笑。

在这一团和糟之中，我们孩子反应的心理，却并不简单。第一，我们当然觉得好玩，这里"品林嘭朗"，那里也"品林嘭朗"，原来又炎热又乏味的下午忽然变得这样异乎寻常地闹热，小孩哪一个不欢迎。第二，天空一打阵，大家起劲看，起劲关窗户，起劲听，当然写字的搁笔，念书的闭口，连先生（我们想）有时也觉得好玩！然而我记得我个人亲切的心理反应。仿佛猪八戒听得师父被女儿国招了亲，急着要散伙的心理。我希望那样半混沌的情形继续，电光永闪着，雨永倒着，水永没上阶沿，漏入室内，因此我们读书写字的责务也永远止歇！孩子们怕拘束，最爱自由，爱整天玩，最恨坐定读书，最厌这牢狱一般的书房——犹之猪八戒一腔野心，其实不愿意跟着穷师父取穷经，整天只吃些穷斋。所以关入书房的孩子，没有一个心愿的，底里没有一个不想造反；就是思想没有连贯力，同时书房和牢房收敛野性的效力也逐渐进大，所以孩子们至多短期逃学，暗祝先生生瘟病，很少敢昌言从此不进书房的革命谈。但暑天的打阵，却符合了我们潜伏的希冀，俄顷之间，天地变色，书房变色，有时连先生亦变色，无怪这聚锢的叛儿，这勉强修行的猪八戒，感觉到十二分的畅快，甚至盼望天从此再不要清明，雷雨再不要休止！

我生平最纯粹可贵的教育是得之于自然界，田野、森林、山谷、湖、草地是我的课室；云彩的变幻、晚霞的绚烂、星月的隐现、田野的麦浪是我的功课；瀑吼、松涛、鸟语、雷声是我的教师，我的官觉是他们忠谨的学生，受教的弟子。

大部分生命的觉悟，只是耳目的觉悟；我整整过了二十多年含糊生活，疑视疑听疑嗅疑觉的一个生物！我记得我十三岁那年初次发现我的眼是近视，第一副眼镜配好的时候，天已昏黑，那时我在泥城桥附近和一个朋友走路，我把眼镜试带上去，仰头一望，异哉！好一个伟大蓝净不相熟的天，张着几千百只指光闪烁的神眼，一直穿过我眼镜、眼睛，直贯我灵府深处，我持永不得大声叫道："好天，今天才规复我眼睛的权利！"

但眼镜虽好，只能助你看，而不能使你看；你若然不愿意来看，来认识，来享乐你的自然界，你就带十副二十副托立克、克立托也是无效！

我到今日才再能大声叫道："好天，今日才知道使用我生命的权利！"

我不抱歉"叫"得迟，我只怕配准了眼镜不知道"看"。

我方才记起小时在私塾里夏天打阵的往迹，我现在想记我二日前冒阵待虹的经验。

猫最好看的情形，是在春天下午她从地毡上午寐醒来，回头还想伸懒腰，出去游玩，猛然看见五步之内，站着一只傲梗不参的野狗，她不禁大怒，把她二十个利爪一起尽性放开，搲紧在地毡上，把她的背无限地高控，像一个桥洞，尾巴旗杆似笔直竖起，满身的猫毛也满溢着她的义愤，她圆睁了她的黄睛，对准她的仇敌，从口鼻间哈出一声威吓。这是猫的怒，在旁边看她的人虽则很体谅她的发脾气，总觉得有趣可笑。我想我们站得远远地看人类的悲剧，有时也只觉得有趣可笑。我们在稳固的山楼上，看疾风暴雨，看牛羊牧童在雷震电飚中飞奔躲避，也只觉得有趣可笑。

笑，柏格森说，纯粹是智慧的，示深切的同情感兴，不能同时并存。所以我们需要领会悲剧或更深的情感——不论是事实或表现在文字里——的意义，最简捷的方法是将我们自身和经验的对象同化，开振我们的同情力来替他设身处地。你体会伟大情感的程度愈高，你了解人道的范围亦愈广。我们对待自然界我以为也是如此。我们爱寻常上原，不如我们爱高山大水；爱市河庸沼，不如流涧大瀑；爱白日广天，不如朝彩晚霞；爱细雨微风，不如疾雷迅雨。

简言之，我们也爱自然界情感奋切的际会，他所行动的情绪，当然也不是平常庸气。

所以我十数年前在私塾爱打阵，如今也还是爱打阵，不过这"爱"字意义不尽同就是。

有一天我正在房里看书，列兰（房东的小女孩，她每次见天象变迁总来报告我，我看见两个最富贵的落日，都是她的功劳。）跑来说天快打阵了。我一看窗外果然完全矿灰色，一阵阵的灰在街心里卷起，路上的行人都急忙走着，天上已经叠好无数的雨饼，只等信号一动就下。我赶快穿了雨衣，外加我们的袍，戴上方帽，出门骑上自行车，飞快向我校门赶去。一路雨点已经雹块似抛下。河边满树开花的栗树、曼陀罗、紫丁香，一齐俯首觳觫，专待恣暴，但他们芬芳的呼吸，却彻浃重实的空气，似乎向孟浪的狂且乞情求免。

我到校门的时候，满天几乎漆黑，雷声已动，门房迎着笑道："呀，你到得真巧，再过一分钟，你准让阵雨漫透！"我笑答道："我正为要漫透来的！"

我一口气跑到河边，四围估量了一下，觉得还是桥上的地位最好，我就去靠在桥栏上等，我头顶正是那株靠河最大的橘树，对面是棵柳树，从柳丝里望见先华亚学院的一角，和我们著名教堂的后背（King＇s Chapel）；两树的中间，正对校友居（Fellows＇Building）的大部，中隔着百码见方齐整匀净葱翠的草庭。这是在我的右边。从柳树的左手望见亭亭倩倩三环洞的先华亚桥，她的妙景，整整地印在平静的康河里；河左岸的牧场上，依旧有几匹马、几条黄白花牛在那里吃草，啮啮有声，完全不理会天时的变迁，只晓得勤拂着马鬃牛尾，驱逐愈很的马蝇牛虫。此时天色虽则阴沉可怕，然我眼前绝美的一幅图画——绝色的建筑，庄严的寺角，绝色的绿草，绝色的河与桥，绝色的垂柳高桥——只是一片异常恬静，绝不露仓皇形色。草地上有三两只小雀，时常地跳跃；平常高唱好画者黑雀却都住了口，大约伏在巢里看光景，只远处偶然的鸦啼，散沙似从半天里撒下。

记得，桥上有我站着。

来了！雷雨都到了猖獗的程度，只听见自然界一体的喧哗；雷是鼓，雨落草地是沉溜的弦声，雨落水面是急珠走盘声，雨落柳上是疏郁的琴声，雨落桥栏是击草声。

西南角——牧场那一边我的左手，正对校友居——的云堆里，不时放射出电闪，穿过树林，仿佛好几条紧缠的金蛇掠过光景，一直打到教堂的颜色玻璃和校友居的青藤白石和凹屈别致的窗坡上，像几条铜扁担，同时打一块磨石大的火石，金花四射，光惊骇目。

雨忽注不休。云色虽稍开明，但四围都是雨激起的烟雾苍茫，克莱亚的一面几乎看不清楚。我仰庇橘老翁的高荫，身上并不大湿，但桥上的水，却分成几道泥沟，急冲下来，我站在两条泥沟的中间，所以鞋也没有透水。同时我很高兴发现离我十几码一棵大榆树底下，也有两个人站着，但他们分明是避雨，不是像我来经验打阵。他们在那里划火抽烟，想等过这阵急需。

那边牧场方才不管天时变迁尽吃的朋友，此时也躲在场中间两枝榆树底下，马低着头，牛昂着头，在那里抱怨或是崇拜老天的变怒。

雨已经下了十几分钟，益发大了。雷电都已经休止，天色也更清明了。但我所仰庇的橘老翁，再也不能荫庇我，他老人家自己的胡髭，也支不住淋漓起来，结果是我浑身增加好几斤重量。有时作恶的水一直灌进我的领子，直溜到背上，寒透肌骨；桥栏也全没了；我脚下的干土，也已经渐次灭迹，几条泥沟，已经进成一大股浑流，踊跃进行；我下体也增加了重量，连胫骨都湿了。到这个时候，初阵的新奇已经过去，满眼只是一体的雨色，满耳只是一体的雨声，满身只是一体的雨感觉，我独身——避雨那两位已逃入邻近的屋子里——在大雨里听淹，头上的方巾已成了湿巾，前后左右淋个不住，倒觉得无聊起来。

但我有希望，西天的云已经开解不少，露出夕阳的预兆，我想这雨一停一定有奇景出现——我于是立定主意和雨赌耐心。我向地上看，看无数的榆钱在急涡里乱转，还有几个不幸的虫蚁也葬身在这横流之中，我忽然想起道施滔奄夫斯基的一部小说里的一个设想。他说，你若然发现你自己在一沧海中一块仅仅容足的拳石上，浪涛像狮虎似向你身上扑来，你在这完全绝望的境地，你还想不想活命？我又想起康赖特的《大风》，人和自然原质的决斗。我又想象我在西伯利亚大雪地，穿着皮蓑，手拿牧杖，站在一大群绵羊中间。我想战阵是冒险，恋爱是更大的冒险，死是最大的冒险。我想起耶稣、魔鬼、薇纳司、福贺司德；我想飞出这雨圈，去踏在雨云的背上，看他们工作。我想……半点钟已过，我心海里至少涌起了几万种幻想，但雨还是倒个不住。

又过了足足十分钟，雨势方才收敛。满林的鸟雀都出了家门，使劲地欢呼高唱；此时云彩很别致，东中北三路，还是满布着厚云，并且极低，似乎紧罩在教堂的H形尖阁上，但颜色已从乌黑转入青灰，西南隅的云已经开张了一只大口，从月牙形的云絮背后冲射出一海的明霞，仿佛菩萨背后的万道佛光，这精悍的烈焰，和方才初雨时的电闪一样，直照在教堂和校友居的上楼，将一带白玻窗尽数打成纯粹的黄金，教堂颜色玻窗上的反射更为强烈，那些画中人物都像穿扮整齐，在金河里游泳跳舞。妙处尤在这些高宇的后背及顶头，只是一片深青，越显得西天云罅月漏的精神，彩焰奔腾的气象。

未雨之先，万象都只是静，现在雨一过，风又敛迹，天上虽在那里变化，地上还是一体的静；就是阵前的静，是空气空实的现象，是严肃的静，这静是大动大变的符号先声，是火山将炸裂前的静；阵雨后的静不同，空气里的浊质，已经彻底洗净，草青树绿经过了恐怖，重复清新自喜，益发笑容可掬，四围的水气雾意也完全灭迹，这静是清的静，是平静，和悦安舒的静。在这静里，流利的鸟语，益发调新韵切，宛似金匙击玉磬，清脆无比。我对此自然从大力里产出的美，从剧变里透出的和谐，从纷乱中转出的恬静，从暴怒中映出的微笑，从迅奋里结成的安闲，只觉得胸头塞满——喜悦、惊讶、爱好、崇拜、感奋的情绪，满身神经都感受强烈痛快的震撼，两眼火热地蓄泪欲流，声音肢体都随身旁的飞禽歌舞；同时，我自顶至踵完全湿透浸透，方巾上还不住地滴水，假如有人见我，一定疑心我落了水，但我那时绝对不觉得体外的冷，只觉得体内高乐的热。（我也没有受寒。）

我正注目看西方渐次扫荡满天云锢的太阳，偶然转过身来，不禁失声惊叫。原来从校友居的正中起直到河的左岸，已经筑起一条鲜明五彩的虹桥！

八月六日

（原载1923年7月21日、23日、24日上海《时事新报》）

登　高

胡也频

“给我么？”

“是的。”

“那么，我呢？”锵弟问。

“给你们两个人——”

我看锵弟，他也快乐了。

“好，好，给我们两个人……”

张妈在厨房里用竹帚子洗锅，"沙沙嚓嚓"地响，也像是昨夜的雨还没止，水落上涟涟地流下的雨漏……

　　偏是这一天就下雨！初醒来，在睡后的惺忪中，听见这声音，我懊恼。其实，像一清早乍开起眼睛来，在床上，当真的，就发觉是雨天，这在平常，却是妙极的一件乐事。因为，落起雨，雨纵不大，南门兜的石板路全铺上烂泥，是无疑的，那么，我们便借这缘故，说是木屐走到烂泥上，会溜滑，会翻跟斗，就可以躲懒不上学了。倘是落大雨，那更好，假使我们就装做好孩子模样，想上学，大人也要阻止的。早晨下起雨来，真有许多好处！像念书、作文、写大字，能够自自然然地免去，是一件；像和那肮脏的，寒酸气饱满而又威严的老秀才不生关系，这又是一件；但给我们顶快活的，却是在家里，大家——几个年纪相似的哥妹们聚在一块，玩掷红、斗点，或用骨牌来盖城墙，弹纸虾膜，以及做着别种饶有小孩子趣味的游戏。这之类，是顶有力地使我们盼望着早晨的雨。因此，几乎在每一天早晨，张开眼，我就先看窗外，又倾耳静听，考察那天空是否正密密杂杂地在落雨。雨，尤其是早晨的，可说是等于给我们快乐的一个天使。但今天，因是九月初九，情形便异样了，怕落雨。在昨夜里听到了雨声，我就难睡，在担忧、着急、深怕一年中只有一次的登高，要给雨送掉了。所以，把张妈洗锅的声音，就疑为雨漏了。

证明是晴天，这自然得感谢金色的太阳！阳光照在窗外的枣树上，我看见，满树的枣子还映出红色，于是狂欢了：这真是非同小可的事！实在，像一年只有一天的登高，真须要晴天。要是落雨，你想想，纸糊的风筝还能够上天么？想到小孩子们不多有的快乐日子，天纵欲雨，是也应变晴吧。这一天真比不得中秋节！中秋节落起雨来，天阴阴的，这对于要赏月的大人们是扫兴极了，但小孩子却无损失，我们还可以在房子里，照样地吃我们所喜欢吃的烧鸡，喝我们的红色玫瑰酒……登高就不同了，若落雨，那只是和我们小孩子开玩笑、捣鬼、故意为难，充满宣战意味的，等于仇敌，使我们经过了若干日子以后还会怀恨着。

天既然是晴，不消说，我心头的忧虑就消灭了。

爬下床，两只手抓住不曾束紧腰带的裤头，匆匆地跑到房外找锵弟。他也像刚起床，站在天井边，糊涂的，总改不掉初醒后的那毛病，把鼻涕流到嘴唇上，用手背来往地擦，结果手背似乎净了些，满嘴却长出花胡髭了。

"妆一个丑角你倒好！"这是斌姊常常讥笑他。

"丑角，这是什么东西呢？"他反问。

"三花脸！"

因为三花脸是顶瘟而且丑的，锵弟知道，于是就有点怕羞。关于他的这毛病，我本来也可以用哥的资格去责备他，但我也有自己的坏毛病在，只能把他这可笑的动作看作极平常的一件事，如同吃饭必须用筷子一样的。要是我也学斌姊那样的口吻去讥笑他，虽使他发躁，可是他马上就反攻，撅起嘴，眼睛一瞪，满着轻蔑地说：

"一夜湿一条裤子，不配来讲！"

想到尿床的丑，我脸红了。因此，这时看见他，为了经验，就把他很滑稽的满嘴花胡髭忽略去，只说我们的正经话。

"见鬼，我以为还在落雨……"我说。

他微笑，手从嘴唇上放下来，又把衣衫的边幅去擦手背。

"你知道昨夜里落雨么？"

"知道。"他回答，"可是我要它晴；若不晴，我必定骂他娘的……"

"你又说丑话了！"我只想：因为这时的目的是贯注在登高，放纸鸢，以及与这相关的事情上面。

无意地，我昂起头去，忽看见蓝色无云的天空中，高高低低，错落地，飘翔着大大小小的各样纸鸢：这真是一种重大的欢喜，我的心全动了。

"我们也放去！"我快乐地喊。

"好的！"他同意，"到露台上还是到城楼顶去？"

"你快瞧，"我却指着从隔屋初飞上去的一个花蝴蝶，"这个多好看！"

"那就是癫头子哥哥放的。"

这所谓的癫头子哥哥，他的年纪虽比我们都大，却是我顶看不起的一个人。其鄙薄的原因，也就是那个癫、痴得使人讨厌，把头发变得黄而且稀少，在夏天总引了许多的苍蝇盘旋那顶上。并且，他除了会哼"云淡风清近午天"的这句《千家诗》之外，别的他全不懂。这也是使我这个会作文的年轻人不生敬意的一个原因。但这时，看那只多好看的花蝴蝶纸鸢是他放的，心中却未免有了愤愤，还带点嫉妒。

"是癫头子放的，不对吧。"我否认。

"谁说不是？"锵弟说出证据了，"昨天在下南街我亲眼瞧他买来的，花一角钱。"

我默然，心中更不平了，就说：

"癫头子都有，我们反没得！"

"可不是？"

"我们和妈妈说去……"我就走；锵弟跟在我脚后，他又把衣衫的边幅去抹嘴上的花胡髭。

母亲正在梳头。

"妈妈！"我说，一面就拉她往外走。

"做什么？"她问，"这样急急忙忙的？"蓖梳子停了动作，一只手挽住披散的头发，转过脸来看我们。

"你瞧去，多好看的一个纸鸢——花蝴蝶！"

"这也值得大惊小怪？"

"那是癫头子哥哥放的。妈妈！他都有，他还只会哼《千家诗》……我们却只有两种纸平式的。"

母亲笑了。

她说："忙什么？等一忽陈表伯转来，他会买来一个比谁都好看的纸鸢——"

"给我么？"

"是的。"

"那么，我呢？"锵弟问。

"给你们两个人——"

我看锵弟，他也快乐了。

"好，好，给我们两个人……"笑着，我们就走开了。在天井里，我又抬起头，看那满天飞扬的大大小小的各样纸鸢。

除了向天上那些东西鉴赏和羡慕，我就只想着陈表伯，望他快转来。这时，在又欢喜又焦急之中，对于陈表伯去买的那纸鸢便作了种种想象：我特别希望的是买了一只花蝴蝶，比癫头子哥哥的那只强，又大又好看。

许多的纸鸢都随风升高去，变小了，辨不出是什么样。新放的又陆陆续续地飞起：像这些，虽说是非常的宛约，飘逸，近乎神话的美，但于我却成了一种嘲弄。

"你怎么不来放呀？"也像每只的纸鸢当飞起时，都带着这意思给我。

我分外地焦急了——这也难怪，像尽在天井里瞧望着，可爱的陈表伯终不见来。

接着便吃早饭了。

饭后，为要制止心中的欲望，或惆怅，便把我所喜欢而这时又极不满意的那只双重纸平式纸鸢，从床底下拿出来，和锵弟两个人，聊以慰藉地，在天井里一来一往地放了一阵。放纸鸢，像这玩儿，若是顺着风，只要一收绳索，自然地，就会悠悠地升起，飞高了；假使是放了半天，还在一往一来地送，其失败，是容易想见那当事人的懊恼。

"索性扯了，不要它！"看人家的纸鸢飞在天空，而自己的却一次一次地落在地上，发出"拍拍"的响，我生恨。

"那也好。"锵弟也不惬意。

纸鸢便扯了。

然而心中却空荡了起来，同时又充满着一种想哭的情味：怀恨和一些难舍。

我举眼看锵弟，他默然，手无意识地缠着那纷乱的绳子。

想起种种不平的事，我就去找母亲，锵弟又跟在我脚后。

母亲已梳好头，洗完脸，牙也刷过了，这时正在扑粉，看样子，她已知道我们的来意，便说："陈表伯就会转来的。"

"早饭都吃过了，还不见！"

"登高也得吃过中饭的。"

"你瞧，人家的纸鸢全放了！……"锵弟更鼓起嘴，显然带点哭样。

母亲就安慰："好好地玩一会吧，陈表伯就会转来的，妈不撒谎。"

我们又退了出来。

天空的纸鸢更多了。因此，对于陈表伯，本来是非常可爱的，这时却觉得他可气，也像是故意和我们为难，渐渐地便生起了愤恨。锵弟要跑到后西厢房去，在桌上，或床头，把陈表伯的旱烟管拿出来打断，以泄心中的恶感，可是我阻止他。

"他是非常可恶的。"锵弟说，"以后我不和他讲话，他要亲我嘴，我就把他的花胡须扯下……"关于这，我便点头，表示一种切身的同意。

我们真焦急！

太阳慢慢地爬着，其实很快的，从东边的枣树上，经过庭中的紫薇、山茶，和别的花草，就平平地铺在天井的石板上，各种的影都成了直线；同时，从厨房里，便发出炸鱼和炒菜的等等声音，更使得我们心上发热，自然地，陈表伯由可爱而变为仇敌。

可是我们的愿望终于满足了。那是正摆上中饭时，一种听惯的沉重的脚步，急促地响于门外边：陈表伯转来了。这真值得欢喜！我看锵弟，他在笑。

黑色的，其中还错杂着许多白花纹，差不多是平头，扁嘴，尾巴有一丈来长，这纸鸢便随着陈表伯出现了。

"呵，潭得鱼！"锵弟叫。

"比癫头子哥哥的花蝴蝶好多了。"我快乐地想。

陈表伯把潭得鱼放到桌上，从臂弯里又拿出一大捆麻绳子。他一面笑说：

"这时候什么都卖完了，这个潭得鱼还是看他做成的，还跑过了好几家。"是乡下人的一种直率可亲的神气。

我们却不理他这话，只自己说：

"表伯伯，你和我们登高去……"

他答应了。

母亲却说："中饭全摆上了，吃完饭再去吧。"

在平常，一爬上桌子，我的眼睛便盯在炒肉，或比炒肉更好的那菜上面，因此大人们就号我做"菜大王"，这是代表我对于吃菜的能力；但这时，特别的反常了，不但未曾盯，简直是无意于菜，只心想着登高去，所以匆匆地扒了一碗饭，便下来了。于是我们开始去登高。

母亲嘱咐陈表伯要小心看管我们的几句话，便给我们四百钱，和锵弟两人分，这是专为去登高的原故，用到间或要买什么东西。

照福州的习惯，在城中，到了九月初九这一天，凡是小孩子，都要到乌石山去登高。其意义，除了特创一个游戏的日子给小孩子们，还有使小孩子分外高兴的一种传说：小孩子登高就会长高。从我们的家到乌石山，真是近，因为我们的家，后门便是山脚，差不多就是挨着登山的石阶。开了后门，我们这三人，一个年过五十的老人和两个小孩子，拿着潭得鱼纸鸢，就出发了。这真是新鲜的事！因为，像这个山脚，平常是冷冷寂寂的，除了牧羊的孩子把羊放到山边去吃草，几乎就绝了行人；倘是有，那只是天君殿和玉皇阁的香火道士，以及为求医问卦或还愿的几个香客。这时却热闹异常了！陆陆续续的，登着石阶，是一群群的大人携着小孩子，和零星地到城里来观光的乡下绅士、财主、半大的诸娘仔、三条簪大耳环的平脚农妇，以及卖甘蔗、卖梨子、卖登高（米果）、卖玩意儿，许许多多的小贩子。这些人欢欢喜喜地往上去，络绎不绝，看情形，会使人只在半路上，就想到山上是挤满着人，和恐怕后来的人将无处容足。从石阶的开始到最高的一级，共一百二十层，那两旁的狗尾草、爬山藤、猫眼菊、日来睡，以及别种不知名的野花和野草，给这个那个的脚儿，踢着又踢着，至于凌乱，压倒，有的已糜烂。在石阶的两旁，距离很近的，就错错落落地坐着叫花子，和烂麻风——没有鼻子，烂嘴、烂眼、烂手脚，全身的关骨上满流着脓血，苍蝇包围那上面，"嗡嗡"地飞翔——这两种人，天然或装腔的，叫出单调的凄惨的声音，极端地现出哭脸，想游人哀怜，间或也得了一两个铜子，那多半是乡下妇人和香客的慈善。去登高的人，大约都要在山门口，顺便逛逛玉皇阁、天君殿、观音堂，或是吕祖宫；在这时，道士们便从许久沉默的脸上浮出笑意，殷殷勤勤地照顾客人，走来走去，毫不怠慢地引观客看各种神的故迹，并孜孜地解说那不易懂得的事物，最后便拿来一枝笔，捧上一本缘簿，请施主题缘。其中，那年青而资格浅薄的道士，便站在铁鼎边，香炉旁，细心地注意着来神前拜跪的香客，一离开神龛前，就吹熄他们所燃的蜡烛，把他们所点的香拔出来，倒插入灰烬中罨灭了：这是一种着实的很大的利益，因为像这种的烛和香，经过了小小的修饰，就可以转卖给别的香客，是道士们最巧妙最便当的生财之道。……此外，这山上，还有许多想不尽的奇异的事物。如蝙蝠窝，迷魂洞，桃瓣李片的石形，七妹成仙处，长柄鬼和蜘蛛精野合的地方……凡这种种，属于魔魅的民间传说的古迹，太多了，只要游人耐得烦，可以寻觅那出处，自由去领略。登高，不少的人就借这机会，便宜地，去享受那不费钱而得的无限神秘之欢乐的各种权利。还有，在山上的平阳处——这个地方可以周览一切，是朱子祠，那儿就有许多雅致的人，类乎绅士或文豪吧，便摆着一桌一桌的酒席，大家围聚着，可是并不吃，只放浪和斯文地在谈笑，间或不负责地批评几句那乡下姑娘，这自然是大有东方式古风的所谓高尚的享乐了。

我们到了山上，满山全是人，纸鸢更热闹了，密密杂杂的，多得使人不知道看到哪一个，并且眼就会花。在朱子祠东边的平冈上，我们便走入人堆，陈表伯也把潭得鱼纸鸢放上了；我和锵弟拍着手定睛地看它升高。这纸鸢是十六重纸的，高远了，牵制力要强。因此我只能在陈表伯放着的绳子上，略略地拉一拉，没有资格去自由收放，像两重纸平式那样的。这真是不曾料到的在高兴中的一点失望！于是我想到口袋中的那二百钱，这钱就分配如下：

甘蔗二十文，

梨子三十文，

登高（米果）五十文，

登高（米果）的小旗子另外十文，

竹蛇子二十文，

纸花球二十文，

剩下的五十文带回家，塞进扑满去。

但一眼看见那玩艺儿——猴溜柱，我的计划便变动了，从余剩的数目中，又抽出了三十文。到了吃鱼丸两碗四十文的时候，把买甘蔗的款项也挪用了。以后又看见那西洋镜，其中有许多红红绿绿的画片，如和尚讨亲以及黄天霸盗马之类，我想瞧，但所有的钱都用光了，只成为一种怅望的事。其实，假使向陈表伯去说明这个，万分之一他总不会拒绝的，他平常就慷慨，可是在那时却忘了这点，事过又无及了。

本来登高放纸鸢，只是小孩子的事，但实际上却有许多的大人们来占光这好日子，并且反占了很大的势力。因为他们所放的纸鸢，起码是十二重纸的，在空中，往往借自己纸鸢的强大就任去绞其他弱小的，要是两条线一接触，那小的纸鸢就挂在大的上面，断了的绳子就落到地面来，或挂在树枝上。因此，满山上，时时便哄起争闹的声音，或叫骂，至于相殴到头肿血流，使得群众受惊也不少。我便担忧着我们的这个潭得鱼。幸而陈表伯是放纸鸢的一个老手，每看看别人大的纸鸢前来要绞线，几乎要接触了，也不知怎的，只见陈表伯将手一摇，绳子一松，潭得鱼就飞到另一地方，脱离来迫害的那个，于是又安全了。他每次便笑着称赞自己。

"哼！想和我绞，可不行！"

我们也暗暗地叹服他放纸鸢的好本领。

……

到太阳渐渐地向山后落去，空间的光线淡薄了，大家才忙着收转绳子。于是，那大大小小的各样纸鸢，就陆陆续续地落下来，只剩一群群的乌鸦在天上绕着余霞飞旋；做生意的便收拾起他们残余的东西；绅士和文豪之类的酒席也散了。接着，那些无业的闲汉们，穷透的，就极力用他们的眼光，满山满地去观察，想寻觅一点游人所遗忘或丢下的东西。

在一百二十层的石阶路上，又满了人，散戏那般地，络绎不绝地下山了；路两旁的叫化子和烂麻风，于是又加倍用劲地，哼出特别惨厉的："老爷呀，太太呀，大官呀……"等习惯了的乞钱的腔调。

不久，天暮了。

回到家里，我和锵弟争着向母亲叙述登高的经过，并且把猴溜柱，和登高（米果）的三角式五色小旗子，自己得意地飘扬了一番。

我们两个人，议定了，便把那只潭得鱼纸鸢算为公有的，收到床底下；这是预备第二天到城楼顶去放的。

可是当吃完夜饭时，父亲从衙门里转来，在闲话中，忽然脸向我们说：

"登高过去了，把纸鸢烧掉吧，到明年中秋节时再来放……"

父亲的话是不容人异议的！

我惘然，把眼睛悄悄地看到母亲，希求帮助。但她却低头绣着小妹妹的红缎兜肚：于是失望了。

锵弟也惆怅地在缄默，似乎想：

"今天不登高倒好……"

（原载1927年10月1日、3日、4日、5日《晨报副刊》）

蛛丝与梅花

林徽因

你向着那丝看，冬天的太阳照满了屋内，窗明几净，每朵含苞的，开透的，半开的梅花，在那里挺秀吐香，情绪不禁迷茫缥缈地充溢心胸，在那刹那的时间中振荡。

真真的就是那么两根蛛丝，由门框边轻轻地牵到一枝梅花上。就是那么两根细丝，迎着太阳光发亮……再多了，那还像样么。一个摩登家庭如何能容蛛网在光天白日里作怪，管它有多美丽，多玄妙，多细致，够你对着它联想到一切自然造物的神工和不可思议处；这两根丝，本来就该使人脸红，且在冬天够多特别！可是亮亮的，细细的，倒有点像银，也有点像玻璃制的细丝，委实不算讨厌，尤其是它们那么洒脱风雅，偏偏那样有意无意地斜着搭在梅花的枝梢上。

　　你向着那丝看，冬天的太阳照满了屋内，窗明几净，每朵含苞的，开透的，半开的梅花，在那里挺秀吐香，情绪不禁迷茫缥缈地充溢心胸，在那刹那的时间中振荡。同蛛丝一样的细弱，和不必需，思想开始抛引出去：由过去牵到将来，意识的，非意识的，由门框、梅花牵出宇宙，浮云沧波踪迹不定。是人性、艺术，还是哲学，你也无暇计较，你不能制止你情绪的充溢，思想的驰骋，蛛丝梅花竟然是瞬息可以千里！

好比你是蜘蛛，你的周围也有你自织的蛛网，细致地牵引着天地，不怕多少次风雨来吹断它，你不会停止了这生命上基本的活动。此刻，"一枝斜好，幽香不知甚处"……

拿梅花来说吧，一串串丹红的结蕊缀在秀劲的傲骨上，最可爱，最可赏，等半绽将开地错落在老枝上时，你便会心跳！梅花最怕开，开了便没话说。索性残了，沁香拂散，同夜里炉火，都能成了一种温存的凄清。

记起了，也就是说到梅花、玉兰。初是有个朋友说起初恋时玉兰刚开完，天气每天地暖，住在湖旁，每夜跑到湖边林子里走路，又静坐幽僻石上看隔岸灯火，感到好像仅有如此虔诚地孤对一片泓碧寒星远市，才能把心里情绪抓紧了，放在最可靠最纯净的一撮思想里，始不至亵渎了或是惊着那"寤寐思服"的人儿。那是极年轻的男子初恋的情景——对象渺茫高远，反而近求"自我的"郁结深浅——他问起少女的情绪。

就在这里，忽记起梅花。一枝两枝，老枝细枝，横着，虬着，描着影子，喷着细香；太阳淡淡金色地铺在地板上；四壁琳琅，书架上的书和书签都像在发出言语；墙上小对联记不得是谁的集句；中条是东坡的诗。你敛住气，简直不敢喘息，踮起脚，细小的身形嵌在书房中间，看残照当窗，花影摇曳，你像失落了什么，有点迷惘。又像"怪东风着意相寻"，有点儿没主意！浪漫，极端的浪漫。"飞花满地谁为扫？"你问。情绪风似的吹动，卷过，停留在惜花上面。再回头看看，花依旧嫣然不语。"如此娉婷，谁人解看花意？"你更沉默，几乎热情地感到花的寂寞，开始怜花，把同情统统诗意地交给了花心！

这不是初恋，是未恋，正自觉"解看花意"的时代。情绪的不同，不止是男子和女子有分别，东方和西方也甚有差异。情绪即使根本相同，情绪的象征，情绪所寄托，所栖止的事物却常常不同。水和星子同西方情绪的联系，早就成了习惯。一颗星子在蓝天里闪，一流冷涧倾泄一片幽愁的平静，便激起他们诗情的波涌，心里甜蜜地，热情地便唱着由那些鹅羽的笔锋散下来的"她的眼如同星子在暮天里闪"，或是"明丽如同单独的那颗星，照着晚来的天"，或"多少次了，在一流碧水旁边，忧愁倚下她低垂的脸"。惜花，解花太东方，亲昵自然，含着人性的细致，是东方传统的情绪。

此外，年龄还有尺寸，一样是愁，却跃跃似喜，十六岁时的，微风零乱，不颓废，不空虚，巅着理想的脚充满希望，东方和西方却一样。人老了脉脉烟雨，愁吟或牢骚多折损诗的活泼。大家如香山，稼轩，东坡，放翁的白发、华发，很少不梗在诗里，至少是令人不快。话说远了，刚说是惜花，东方老少都免不了这嗜好，这倒不论老的雪鬓曳杖，深闺里也就攒眉千度。

最叫人惜的花是海棠一类的"春红"，那样娇嫩明艳，开过了，残红满地，太招惹同情和伤感。但在西方，即使也有我们同样的花，也还缺乏我们的廊庑庭院。有了"庭院深深深几许"，才有一种庭院里特有的情绪。如果李易安的"斜风细雨"底下不是"重门须闭"，也就不"萧条"得那样深沉可爱；李后主的"终日谁来"，也一样的别有寂寞滋味。看花更须庭院，常常锁在里面认识，不时还得有轩窗栏杆，给你一点凭藉，虽然也用不着十二栏杆倚遍，那么慵弱无聊。

当然，旧诗里伤愁太多：一首诗竟像一张美的证券，可以照着市价去兑现！所以庭花，乱红，黄昏，寂寞太滥，时常失却诚实。西洋诗，恋爱总站在前头，或是"忘掉"，或是"记起"，月是为爱，花也是为爱，只使全是真情，也未尝不太腻味。就以两边好的来讲，拿他们的月光同我们的月色比，似乎是月色滋味深长得多。花更不用说了；我们的花，"不是预备采卜缀成花球，或花冠献给恋人的"，却是一树一树绰约的，个性的，自己立在情人的地位上接受恋歌的。

所以未恋时的对象，最自然的是花，不是因为花而起的感慨——十六岁时无所谓感慨——仅是刚说过的自觉解花的情绪，寄托在那清丽无语的上边，你心折它绝韵孤高，你为花动了感情，实说你同花恋爱，也未尝不可——那惊讶狂喜也不减于初恋。还有那凝望，那沉思……

一根蛛丝！记忆也同一根蛛丝，搭在梅花上就由梅花枝上牵引出去，虽未织成密网，这诗意的前后，也就是相隔十几年的情绪的联络。

午后的阳光仍然斜照，庭院阒然，离离疏影，房里窗棂和梅花依然伴和成为图案，两根蛛丝在冬天还可以算为奇迹，你望着它看，真有点像银，也有点像玻璃，偏偏那么斜挂在梅花的枝梢上。

二十五年新年漫记

钓　鱼

鲁彦

　　我把背在肩上的钓竿竖起来，预备放下的时候，竿梢触着了顶上的天花板，发出窸窣窸窣的声音。我仿佛觉得自己长大了许多，亲手触着了天花板似的。

秋天早已来了，故乡的气候却还在夏天里。

　　那些特殊的渔夫，便是最好的例证。

　　那是一些十岁以上十六岁以下的男女孩子，和十六岁以上的青年以及四五十岁的将近老年的男子。他们像埋伏的哨兵似的，从村前到村后，占据着两道弯弯曲曲的河岸。孩子们五六成群的，多在埠头上蹲着，坐着，或者伏着，把头伸在水面上，窥着水中石缝间的鱼虾。他们的钓竿是粗糙的、短小的、用细小的黄铜丝做的小钩，小钩上串着黑色的小蚯蚓，用鸡毛做浮子，用细线穿着。河虾是他们唯一的目的物。有时，他们的头相碰了，钓线和钓线相缠了，这个的脚踢翻了那个的虾盆，便互相詈骂起来，厮打起来。青年们三三两两的，或站在河滩的浅处，或坐在水车尽头上，或蹲在船边，一边望着水面的浮子，一面时高时低地笑语着。他们的钓竿是柔软的，细长的，一节一节青黑相间，显得特别美丽。他们用鹅毛做浮子，用丝线穿着，用针做成钩子。钩上串着红色的大蚯蚓。鲫鱼是他们的目的物。老年人多是单独地占据一处，坐在极小的板凳上，支着纸伞或布伞，静默得像打瞌睡似的，望着水面的浮子。他们的钓竿和青年们的一样，但很少像青年们的那样美丽。他们的目的物也是鲫鱼。在这三种人之外，有时还有几个中年的男子，背着粗大的钓竿，每节用黄铜丝包扎着，发着闪耀的光，用粗大的弦线穿着一大串长而且粗的浮子，把弦线卷在洋纱车筒上，把车筒钉在钓竿的根上，钩子是两枚或三枚的大铁钩。用染黑的铜丝紧扎着，不用食饵。他们像巡逻兵似的，在河岸上慢慢地走着，注意着水面。哪里起了泡沫，他们便把钩子轻轻地坠下去，等待鱼儿的误触。鲤鱼是他们的目的物。

说他们是渔夫，实际上却全不是。真正的渔夫是有着许多更有保证的方法捕捉鱼虾的。现在这群渔夫，大人们不过是因为闲散，青年们和孩子们因为感觉到兴趣浓厚罢了。有些人甚至不爱吃这些东西，钓上了，把它们养在水缸里。

我从前就是那样的一个渔夫。我不但不爱吃鱼，连闻到有些鱼的气息也要作呕的，河虾也只能勉强尝两三只。但我小时却是一个有名的善钓鱼虾的孩子。

我们的老屋在这村庄的中央，一边是桥，桥的两头是街道，正是最热闹的地方。河水由南而北，在我们老屋的东边经过。这里的河岸都用乱石堆嵌出来，石洞最多，河虾也最多。每年一到夏天，河水渐渐浅了，清了，从岸上可以透澈地看到近处的河底。早晨的太阳从东边射过来，石洞口的虾便开始活泼地爬行。伏在岸上往下望，连一根一根的虾须也清晰地看得见。

这时，和其他的孩子们一样，我也开始忙碌了。从柴堆里选了一根最直的小竹竿，砍去了旁枝和丫杈，在煤油灯上把弯曲的竹节炙直了，拴上一截线。从屋角里找出鸡毛来，扯去了管旁的细毛，把鸡毛管剪成几分长的五截，穿在线上，加上小小的锡块，用铜丝捻成小钩，钓竿就成功了。然后在水缸旁阴湿的泥地，掘出许多黑色的小蚯蚓，用竹管或破碗装了，拿着一只小水桶，就到墙外的河岸上去。

"又要忙啦！钓来了给谁吃呀！"母亲每次总是这样地说。

但我早已笑嘻嘻地跑出了大门。

把钩子沉在岸边的水里，让虾儿们自己来上钩，是很慢的，我不爱这样。我爱伏在岸上，把钓竿放下，不看浮子，单提着线，对着一个一个的石洞口，上下左右地牵动那串着蚯蚓的钩子。这样，洞内洞外的虾儿立刻就被引来了。它颇聪明，并不立刻就把串着蚯蚓的钩子往嘴里送，它只是先用大钳拨动着，做一次试验。倘若这时浮子在水面，就现出微微的抖动，把线提起来，它便立刻放松了。但我只把线微微地牵动，引起它舍不得的欲望，它反用大钳钩紧了，扯到嘴边去。但这时，它也还并不往嘴里送，似在做第二次试验，把钩子一推一拉地动着。于是浮子在水面，便跟着一上一下地浮沉起来。我只再把线牵得紧一点，它这才把钩子拉得紧紧的，往嘴里送了。然而倘若凭着浮子的浮沉，是常常会脱钩的。有些聪明的虾儿常常不把钩子的尖头放进嘴里去，它们只咬着钩子的弯角处。见到这种吃法的虾子，我便把线搓动着，一紧一松地牵扯，使钩尖正对着它的嘴巴。看见它仿佛吞进去了，但也还不能立刻提起线来，有时还须把线轻轻地牵到它的反面，让钩子扎住它的嘴角，然后用力一提，它才"嘶嘶嘶"地弹着水，到了岸上。

把钩子从虾嘴里拿出来，把虾儿养在小水桶里，取了一条新鲜的小蚯蚓，放在左手心上，轻轻地用右手拍了两下，拍死了，便把旧的去掉，换上新的，放下水里，第二只虾子又很快上钩了。同一个石洞里，常常住着好几只虾子，洞外又有许多游击队似的虾儿爬行着：腹上满贮着虾子的老实的雌虾，全身长着绿苔的凶狠的老虾，清洁透明的活泼的小虾。它们都一一地上了我的钩，进了我的小水桶。

"你这孩子真会钓，这许多！"大人们望了一望我的小水桶，都这样称赞说。

到了中午，我的小水桶里已经装满了。

"看你怎样吃得了！……"母亲又欢喜又埋怨地说。

她给我在饭锅里蒸了五六只，但我照例只勉强吃了一半，有时甚至咬了半只就停筷了。

到了第二天早晨，水桶里的虾儿呆的呆了，白的白了，很少能够养得活。母亲只好把它们煮熟了，送给隔壁的人家吃。因为她和我姊姊是比我更不爱吃的。

"你只是给人家钓，还要我赔柴赔盐赔油葱！"她老是这样地埋怨我，"算了吧，大热天，坐在房子里不好吗？你看你的面孔，你的头颈，全晒黑啦！"

但我又早已拿着钓竿、蚯蚓，提着小水桶，悄悄地走到河边去了。

夏天一到，没有什么比这更快乐，空水桶出去，满水桶回来，一只大的，一只小的，一只雌的，一只雄的，"嘶嘶嘶"弹着水从河里提上来，上下左右叠着，堆着。

　　直至秋天来到，天气转凉了，河水大了，虾儿们躲进石洞里，不大出来，我也就把钓竿藏了起来。但这时，母亲却恶狠狠地把我的钓竿折成了两三段，当柴烧了。

　　"还留到明年吗？一年比一年大啦，明年还要钓虾吗？明年再钓虾不给你读书啦，把你送给渔翁，一生捕鱼过活！……"

　　我默默地不做声，惋惜地望着灶火中毕剥地响着的断钓竿。

　　待下一年的夏天到时，我的新钓竿又做成了：比上年的长，比上年的直，比上年的美丽，钓来的虾也比上年的多。母亲老是说着照样的话，老是把虾儿煮熟了送给人家吃。

　　十六岁那一年，我的钓竿突然比我身体高了好几尺。我要开始钓鱼了。

　　两个和我最要好的同族的哥哥，一个叫作阿成哥，一个叫作阿华哥，替我做成了钓鱼竿，竹竿、浮子、钩子、锡块，全是他们的东西，我只拿了母亲一根丝线。做这钓竿的工厂就在阿华哥的家里，母亲全不知道。直至一切都做好了，我才背着那节节青黑相间的又粗长又柔软的钓竿，笑嘻嘻地走到家里来。

　　"妈……"我高兴地提高声音叫着，不说别的话。

　　我把背在肩上的钓竿竖起来，预备放下的时候，竿梢触着了顶上的天花板，发出窸窣窸窣的声音。我仿佛觉得自己长大了许多，亲手触着了天花板似的。

　　这时，母亲从厨房里走出来了，她惊讶地呆了许久。像喜欢，又像生气地瞪着眼望了望我的钓竿，又望了望我的全身。

　　过了一会，她的脸色渐渐沉下，显得忧郁的样子，叹了一口气，说了："咳！十六岁啦，看你长得多么高啦，还不学好！难道真的一生钓鱼过活吗？……"

她哽咽起来，默然走进了厨房。

我给她吓了一跳，轻轻把钓竿放下，呆了半天，不敢到厨房里去见她。过了许久，我独自走到楼上读书去了。

但钓竿就在脚下，只隔着一层楼板，仿佛它时刻在推我的脚底，使我不能安静。

第二天早饭后，趁着母亲在厨房里收拾碗筷，我终于暗地里背着我的可爱的钓竿出去了。

阿华哥正拿着锄头到邻近的屋边去掘蚯蚓，我便跟了去，分了他几条。又从他那里拿了一点糠灰，用水拌湿了，走到河边，用钓竿比一比远近，试一试河水的深浅，把一团糠灰丢了下去。看着它慢慢沉下去，一路融散，在河边做了一个记号，把钓竿放在阿华哥家里，又悄悄地跑到自己的家里。

母亲似乎并没注意到钓竿已经不在家里了，但问我到哪里去跑了一趟。我用别的话支吾了开去，便到楼上大声地读了一会书。

过了一刻钟，估计着丢糠灰的地方，一定集合了许多鱼儿，我又悄悄地下了楼，溜了出去，到阿华哥家里背了我的钓竿。

这时，丢过糠灰的河中，果然聚集了许多鱼儿了。从水面的泡沫，可以看得出来。它们连续不断的，这里一个，那里一个，亮晶晶地珠子似的滚到了水面。单独的是鲫鱼，成群的大泡沫有着游行性的是鲤鱼，成群的细泡沫有着固定性的是甲鱼。

我把大蚯蚓拍死，串在钩子上，卷开线，往那水泡最多的地方丢了下去，然后一手提着钓竿，静静地站在岸上注视着浮子的动静。

水面平静得和镜子一样，七粒浮子有三粒沉在水中，连极细微的颤动也看得见，离开河边几尺远，虾儿和小鱼是不去的。红色的蚯蚓不是鲤鱼和甲鱼所爱吃，爱吃的只有鲫鱼。它的吃法，可以从浮子上看出来：最先，浮子轻微地有节拍地抖了几下，这是它的试验，钓竿不能动，一动，它就走了；随后，水面上的浮子，一粒或半粒，沉了下去，又浮了上来，反复了几次，这是它把钩子吸进嘴边又吐了出来，钓竿仍不能动，一动，尚未深入的钩子就从它的嘴边溜脱了；最后，水面的浮子，两三粒一起地突然往下沉了下去，又即刻一起浮了上来，这是它完全把钩子吞了进去，拖着往上跑的时候，可以迅速地把竿子提起来；倘若慢了一刻，等本来沉在水下的三粒浮子也送上水面，它就已吃去了蚯蚓，脱了钩了。

　　我知道这一切，眼快手快，第一次不到十分钟就钓上了一条相当大的鲫鱼。但同时，到底因为初试，用力过猛了一点，使钩上的鱼儿跟着钓线绕了一个极大的圆圈，倘不是立刻往后跳了几步，鱼儿又落到水面，可就脱了钩了。然而，它虽然没有落在水面，却已"啪"地撞在石路上，给打了个半死半活。

　　于是我欢喜地高举着钓竿，往家里走去。鱼儿仍在钓钩上，柔软的竿尖一松一紧地颤动着，仿佛蜻蜓点水一样。

　　"妈！大鱼来啦！大鱼来啦！……"我大声地叫了进去。

　　走到檐口，抬起头来，原来母亲已经站在我右边的后方，惊讶地望着。她这静默的态度，又使我吃了一惊，一场欢喜给她打散了一大半。我也便不敢做声，呆呆地立住了。

　　"果然又去钓鱼啦！……"过了一会，她埋怨说，"要是大鲤鱼上了钩，把你拖下河里去怎么办呢？……"

"那不会！拖它不上来，丢掉钓竿就是！"我立刻打断她的话，回答说。我知道她对这事并不严重，便索性拿了一只小水桶，又跑出去了。

到了吃中饭的时候，我提了满满的一桶回家。下午换了一个地方，又是一满桶。

"我可不给你杀，我从来不杀生的！"母亲说。

然而我并不爱吃，鲫鱼是带着很重的河泥气的，比海鱼还难闻。我把活的养在水缸里，半死的或已死的送给了邻居。

日子多了，母亲觉得惋惜，有时便请别人来杀，叫姊姊来烤，强迫我吃，放在我的面前，说："自己钓上来的鱼，应该格外好吃的，也该尝一尝！要不然，我把你钓竿折断当柴烧啦！"

于是我便不得不忍住了鼻息，钳起几根鱼边的葱来，胡乱地拨碎了鱼身。待第二顿，我索性把鱼碗推开了。它的气味实在令人作呕。母亲不吃，姊姊也不吃，终于又送了人。

然而我是快活的，我的兴趣全在钓的时候。

十八岁春天，我离开家乡了。一连五六年，不曾钓过鱼，也不曾见过鱼。我把我大部分的年月，消耗在干燥的沙漠似的北方。

二十四岁回到故乡，正在夏天里，河岸的两边满是一班生疏的新的渔夫。我的心突突地跳着，想做一根新的钓竿去参加，终于没有勇气。父亲、母亲和周围的环境支配着我，像都告诉我说，我现在成了一个大人了，而且是一个斯文的先生，上等的人物，是不能和孩子们、粗人们一道的。只有我的十二岁的妹妹，她现在继续着我，成了一个有名的钓虾的人物。我跟着她去，远远地站着，穿着文绉绉的长衫，仿佛在监视着她，怕她滚下河去似的。望了一会，但也不敢久了，便匆遽地回到屋里。

直至夏天将尽，我才有了重温旧梦的机会。

那时，我的姊姊带了两个孩子，搬到了离我们老屋五里外的一个地方，我到那里去做了七八天的客人。

她的隔壁是我的一个堂叔的家。我小的时候，这个堂叔是住在我们老屋隔壁的，和我最亲热，和我父亲最要好。他约莫比我大了十二三岁。据说，我小的时候，就是他抱大的。我只记得我十一二岁的时候，还时常爬到他的身上骑呀背呀地玩。七八年前，因为他要在婶婶的娘家那边街上开店，他便搬了家。姊姊所以搬到那边去，也就是因为有他们在那里住着，可以照顾。

这时，叔叔已经没有开店了，在种田，有了两个孩子。他是没有一点祖遗的产业的人，开店又亏了本。生活的重担使他弯了一点背，脸上起了一些皱纹，他的皮肤被太阳晒成了棕红色，完全不像六七年前的样子了。只有他温和的笑脸，还依然和从前一样，见到我总是照样的非常亲热。他使我忘记了我已是二十几岁的大人，对他又发出孩子气来。

他屋前有一簇竹林，不大也不小，几乎根根都可以做钓鱼竿。二十几步外，是一条东西横贯的河道。因为河的这边人口比较稀少，河的那边是旷野，往西五六里便是大山，所以这里显得很僻静，埠头上很少人洗衣服，河岸上很少行人，河道中也很少船只。我觉得这里是最适宜于我钓鱼了，便开始对叔叔露出欲望来。

"这一根竹子可以做钓鱼竿，叔叔！"我随意指着一根说。

叔叔笑了，他立刻知道了我的意思，摇一摇头，说："这根太粗啦。你要钓鱼，我给你拣一根最好的。你从前不是很喜欢钓鱼吗，现在没事，不妨消遣消遣。"

我立刻快乐了。我告诉他，我真的想钓鱼，在外面住了这许多年，是看不见故乡这种河道的。随后，我就想亲自走到竹林里去，选择一根好的。

但他立刻阻止我了："那里有刺，你不要进去，我给你砍吧。"

于是他拿了一把菜刀进去了。拣出来的正是一根细长柔软合宜的竹竿。随后，鹅毛、钩子、锡块他全给我到街上买了来。糠灰、丝线是他家里有的。现在只差蚯蚓了。

"我自己去掘。"我说。

"你找不到。"他说，拿了锄头，"这里只有放粪缸的附近有那种蚯蚓，我看见别人掘到过，那里太脏啦，你不要去，还是我给你去掘吧。"

他说着走了，一定要我在屋内等他。

直至一切都预备齐，我欣喜地背上新的钓竿，预备出发的时候，他又在我手中抢去了小水桶和蚯蚓碗，陪着我到了河边。随后，他回去了，一会儿拿了一条小凳来。

"坐着吧，腿子要站酸的哩。"

"好吧，叔叔，你去做你的事，等一会吃我钓上来的鱼。"

但他去了一会儿又来了，拿着一顶伞。

"太阳要晒黑的，戴着伞好些。"他说着，给我撑了开来。

"我叫你婶婶把锅子洗干净了等你的鱼，我有事去啦。"他这才真的到他的田头去了。

五六年不见，我和我的叔叔都变了样了，但我们的两颗心都没有变，甚至比以前还亲热。面前的河道虽然换了场面，但河水却更清澈平静。许久不曾钓鱼了，我的技术也还没有忘却，而且现在更知道享受故乡的田园的乐趣。一根草，一叶浮萍，一个小水泡，一撮细小的波浪，甚至水中的影子极微的颤动，我都看出了美丽，感到了无限的愉悦。我几乎完全忘记了我是在钓鱼。

一连三天，我只钓上了七八条鱼。大家说我忘记了，我真的忘记了。

"总是看着山水出神啦，他不是五六年不见这种河道了吗？"叔叔给我推想说。

只有他最知道我。

然而，我们不能长聚。几天后，我不但离别了他，并且离别了故乡。

又过三年回来，我不能再看见我的叔叔。他在一年前吐血死了，显然是负担过重之故。

从那一次到现在，十多年了，为了生活的重担，我长年在外面奔波着，中间也只回到故乡三次，多是稍住一二星期，便又走了。只有今年，却有了久住的机会。但已像战斗场中负伤的兵士似的，尝遍了太多的苦味，有了老人的思想，对一切都感到空虚，见着叔叔的两个十几岁孩子，和自己的六岁孩子，夹杂在河边许多特殊的渔夫的中间，伏着，蹲着，钓虾，钓鱼，熙熙攘攘。虽然也偶然感到兴趣，走过去踱了一会，但已没有从前那样的耐心，可以一天到晚在街头或河边待着。

我也已经没有欲望再在河边提着钓竿。我今日也只偶然地感到兴奋，咀嚼着过去的滋味。

江南的冬景

你试想想，秋收过后，河流边三五家人家
会聚在一道的一个小村子里，门对长桥，窗临
远阜，这中间又多是树枝权桠的杂木树林；在
这一幅冬日农村的图上，再洒上一层细得同粉
也似的白雨，加上一层淡得几不成墨的背景，
你说还够不够悠闲？

凡在北国过过冬天的人，总都知道围炉煮茗，或吃煊羊肉，剥花生米，饮白干的滋味。而有地炉、暖炕等设备的人家，不管他门外面是雪深几尺，或风大若雷，而躲在屋里过活的两三个月的生活，却是一年之中最有劲的一段蛰居异境：老年人不必说，就是顶喜欢活动的小孩子们，总也是个个在怀恋的，因为当这中间，有萝卜、雅儿梨等水果的闲食，还有大年夜、正月初一、元宵等热闹的节期。

　　但在江南，可又不同。冬至过后，大江以南的树叶，也不至于脱尽。寒风——西北风间或吹来，至多也不过冷了一日两日。到得灰云扫尽，落叶满街，晨霜白得像黑女脸上的脂粉似的。清早，太阳一上屋檐，鸟雀便又在吱叫，泥地里便又放出水蒸气来，老翁、小孩就又可以上门前的隙地里去坐着曝背谈天，营屋外的生涯了。这一种江南的冬景，岂不也可爱得很么？

我生长在江南，儿时所受的江南冬日的印象，铭刻特深；虽则渐入中年，又爱上了晚秋，以为秋天正是读读书、写写字的人的最惠季节，但对于江南的冬景，总觉得是可以抵得过北方夏夜的一种特殊情调，说得摩登些，便是一种明朗的情调。

我也曾到过闽粤。在那里过冬天，和暖原极和暖，有时候到了阴历的年边，说不定还不得不拿出纱衫来着；走过野人的篱落，更还看得见许多杂七杂八的秋花！一番阵雨雷鸣过后，凉冷一点，至多也只好换上一件夹衣，在闽粤之间，皮袍、棉袄是绝对用不着的：这一种极南的气候异状，并不是我所说的江南的冬景，只能叫它作南国的长春，是春或秋的延长。

江南的地质丰腴而润泽，所以含得住热气，养得住植物；因而长江一带，芦花可以到冬至而不败，红时也有时候会保持得三个月以上的生命。像钱塘江两岸的乌桕树，则红叶落后，还有雪白的桕子着在枝头，一点一丛，用照相机照将出来，可以乱梅花之真。草色顶多成了赭色，根边总带点绿意，非但野火烧不尽，就是寒风也吹不倒的。若遇到风和日暖的午后，你一个人肯上冬郊去走走，则青天碧落之下，你不但感不到岁时的肃杀，并且还可以饱觉着一种莫名其妙的含蓄在那里的生气；"若是冬天来了，春天也总马上会来"的诗人的名句，只有在江南的山野里，最容易体会得出。

说起了寒郊的散步，实在是江南的冬日，所给予江南居住者的一种特异的恩惠；在北方的冰天雪地里生长的人，是终他的一生，也绝不会有享受这一种清福的机会的。我不知道德国的冬天，比起我们江浙来如何，但从许多作家的喜欢以"Spaziergang"（散步）一字来作他们的创造题目的一点看来，大约是德国南部地方，四季的变迁，总也和我们的江南差别不多。譬如说，十九世纪的那位乡土诗人洛在格（Peter Rosegger）罢，他用这一个"散步"作题目的文章尤其写得多，而所写的情形，却又是大半可以拿到中国江浙的山区地方来适用的。

江南河港交流，且又地滨大海，湖沼特多，故空气里时含水分；到得冬天，不时也会下着微雨，而这微雨寒村里的冬霖景象，又是一种说不出的悠闲境界。你试想想，秋收过后，河流边三五家人家会聚在一道的一个小村子里，门对长桥，窗临远阜，这中间又多是树枝权桠的杂木树林；在这一幅冬日农村的图上，再洒上一层细得同粉也似的白雨，加上一层淡得几不成墨的背景，你说还够不够悠闲？若再要点景致进去，则门前可以泊一只乌篷小船，茅屋里可以添几个喧哗的酒客，天垂暮了，还可以加一味红黄，在茅屋窗中画上一圈暗示着灯光的月晕。人到了这一个境界，自然会得胸襟洒脱起来，终至于得失俱亡，死生不问了；我们总该还记得唐朝那位诗人作的"暮雨潇潇江上树"的一首绝句罢？诗人到此，连对绿林豪客都客气起来了，这不是江南冬景的迷人又是什么？

一提到雨，也就必然地要想到雪："晚来天欲雪，能饮一杯无"，自然是江南日暮的雪景。"寒沙梅影路，微雪酒香村"，则雪月梅的冬宵三友，会合在一道，在调戏酒姑娘了。"柴门村犬吠，风雪夜归人"，是江南雪夜，更深人静后的景况。"前村深雪里，昨夜一枝开"，又到了第二天的早晨，和狗一样喜欢弄雪的村童来报告村景了。诗人的诗句，也许不尽是在江南所写，而作这几句诗的诗人，也许不尽是江南人，但假了这几句诗来描写江南的雪景，岂不直截了当，比我这一枝愚劣的笔所写的散文更美丽得多？

有几年，在江南也许会没有雨没有雪地过一个冬，到了春间阴历的正月底或二月初，再冷一冷下一点春雪的；去年（一九三四）的冬天是如此，今年的冬天恐怕也不得不然。以节气推算起来，大约太冷的日子，将在一九三六年的二月尽头，最多也总不过是七八天的样子。像这样的冬天，乡下人叫作旱冬，对于麦的收成或者好些，但是人口却要受到损伤；旱得久了，白喉、流行性感冒等疾病自然容易上身，可是想恣意享受江南的冬景的人，在这一种冬天，倒只会得到快活一点，因为晴和的日子多了，上郊外去闲步逍遥的机会自然也多；日本人叫作Hiking（徒步旅行），德国人叫作Spaziergang狂者，所最欢迎的，也就是这样的冬天。

　　窗外的天气，晴朗得像晚秋一样：晴空的高爽，日光的洋溢，引诱得使你在房间里坐不住。空言不如实践，这一种无聊的杂文，我也不再想写下去了，还是拿起手杖，搁下纸笔，上湖上散散步罢！

一九三五年十二月一日

（原载1936年1月1日《文学》第6卷第1号）

长　闲

明日事自有明日，且莫负此梧桐月色也。

他午睡醒来，见才拿在手中的一本《陶集》，皱折了倒在枕畔。午饭时还阴沉的天，忽快晴了，窗外柳丝摇曳，也和方才转过了方向。新鲜的阳光把隔湖诸山的皱褶照得非常清澈，望去好像移近了一些。新绿杂在旧绿中，带着些黄昧。他无识地微吟着"此中有深意，欲辨已忘言"，揉着倦饧饧的眼，走到吃饭间。见桌上并列地丢着两个书包，知道两女儿已从小学散学回来了。屋内寂静无声，妻的针线笸里，松松地闲放着快做成的小孩单衣，针子带了线斜定在纽结上。壁上时钟正指着四点三十分。

他似乎一时想走入书斋去，终于不自禁地踱出廊下。见老女仆正在檐前揩抹预备腌菜的瓶坛，似才从河埠洗涤了来的。

"先生起来了，要脸水吗？"

"不要。"他躺在摆在檐头的藤椅上，燃起了卷烟。

"今天就这样过去吧，且等到晚上再说了。"他在心里这样自语。躺了吸着烟，看看墙外的山，门前的水，又看看墙内外的花木，悠然了一会。忽然立起身来，从檐柱上取下挂在那里的小锯子，携了一条板凳，急急地跑出墙门外去。

"又要去锯树了。先生回来以后，日日只是弄这些树木。"他听到女仆在背后这样带笑说。

方出大门，见妻和两个女孩都在屋前园圃里：妻在摘桑，两个女孩在旁"这片大，这片大！"地指着。

"阿吉，阿满，你们看，爸爸又要锯树了。"妻笑着说。

"这丫杈太大了，再锯去它。小孩别过来！"他踏上凳子，把锯子搁到方才看了不中意的那柳枝上。

小孩手臂样粗的树枝，"啪"地一落下，不但本树的姿态为之一变，就是前后左右各树的气象及周围的气氛，在他看来，也都如一新。携了板凳回入庭心，把头这里、那里地侧着看了玩味一会，觉得今天最得意的事就是这件了，于是仍去躺在檐头的藤椅上。

妻携了篮进来。

"爸爸，豌豆好吃了。"阿满跟在后面叫着说，手里捻着许多小柳枝。

"哪，这样大了。"妻揭起篮面的桑叶，篮底平平地叠着扁阔深绿的豆荚。

"啊，这样快！快去煮起来，停会好下酒。"他点着头。

黄昏近了，他独自缓饮着酒，桌上摆着一大篮的豌豆，阿吉、阿满也伏在桌上抢着吃。妻从房中取出蚕笸来，把剪好的桑片铺撒在灰色蠕动的蚕上。两个女孩几乎要把头放入笸里去。妻擎起笸来逼近窗口去看，一手抑住她们的攀扯。

"就可三眠了。"妻说着，把蚕筐仍拿入房中去。

他一壁吃着豌豆，一壁望着蚕筐，在微醺中又猛触到景物变迁的迅速，和自己生活的颓唐来。

"唉！"不觉泄出叹声。

"什么了？"妻愕然地从房中出来问。

"没有什么。"

室中已渐昏黑，妻点起了灯，女仆搬出饭来。油炸笋，拌莴苣，炒鸡蛋，都是他近来所自名为山家清供而妻所经意烹调的。他眼看着窗外的暝色，一杯一杯地只管继续饮。等妻女都饭毕了，才放下酒杯，胡乱地吃了小半碗饭，含了牙签，踱出门外去，在湖边小立。等暗到什么都不见了，才回入门来。

吃饭间中灯光亮亮的，妻在继续缝衣服，女仆坐在对面用破布叠鞋底，一壁和妻谈着什么。阿吉在桌上布片的空隙处摊了《小朋友》看着，阿满把她半个小身子伏在桌上，指着书中的猫或狗，强要母亲看。一灯之下，情趣融然。

他坐在壁隅的藤椅子上，燃起卷烟，只沉默了对着这融然的光景。昨日在屋后山上采来的红杜鹃，已在壁间花插上怒放，屋外时而送入低而疏的蛙声。一切都使他感觉到春的烂熟。他觉得自己的全身心已沉浸在这气氛中，陶醉得无法自拔了。

"为什么总是这样懒懒的！"他不觉这样自语。

"今夜还做文章吗？春天是熬不得夜的。为什么日里不做些！日里不是睡觉，就是荡来荡去，换字画，换花盆，弄得忙煞。夜里每夜弄到一二点钟。"妻举起头来，停了针线说。

"夜里静些啰。"

"要做也不在乎静不静，白马湖真是最静也没有了。从前在杭州，比这里不知要嘈杂得多少，不是也要做吗？无论甚么生活，宴坐牢了才做得出。我这几天为了几条蚕，采叶呀，什么呀，人坐不牢，别的生活就做不出。阿满这件衣服，本来早就该做好了的，你看，到今天还未完工呢。"

妻的话，这时在他，真比什么"心能转境"等类的宗门警语还要痛切。觉得无可反对，只好逃避说：

"日里不做夜里做，不是一样的吗？"

"昨夜做了多少呢？我半夜醒来还听见你在天井里踱来踱去，口里念念着什么'明日自有明日'哩。"

"不是吗？我也听见的。"女仆羼入。

"昨夜月色实在太好了，在书房里坐不牢。等到后半夜上云了，人也倦了，一点都不曾做啊。"他不禁苦笑了。

"你看！那岂不是与灯油有仇？前个月才买来一箱火油，又快完了。去年你在教书的时候，一箱可点三个多月呢。——赵妈，不是吗？"妻说时向着女仆，似乎要叫她作证明。

"火油用完了，横竖先生会买回来的，怕什么？嘎，满姑娘！"女仆拍着阿满，笑着说。

"洋油也是爸爸买来的，米也是爸爸买来的，阿吉的《小朋友》也是爸爸买来的，屋里的东西，都是爸爸买来的。"阿满把快要睡去的眼张开了说。

女仆的笑谈，阿满的天真烂漫的稚气，引起了他生活上的忧虑。妻不知为了什么，也默然了，只是俯了头，动着针子。一时沉默支配着一室。

三个月来的经过，很迅速地在他心上舒展开了：三个月前，他弃了多年厌倦的教师生涯，决心凭了仅仅够支持半年的储蓄，回到白马湖家里来，把一向当作副业的笔墨工作改为正业，从文字上去开拓自己的新天地。"每月创作若干字，翻译若干字，余下来的工夫便去玩山看水。"当时的计划，不但自己得意，朋友都艳羡，妻也赞成。三个月来，书斋是打垒得很停当了，房子是装饰得很妥帖了，有可爱的盆栽，有安适的几案，日日想执笔，刻刻想执笔，终于无所成就。虽着手过若干短篇，自己也不满足，都是半途辍笔，或愤愤地撕碎了投入纸篓里。所有的时间都消磨在风景的留恋上。在他，朝日果然好看，夕阳也好看，新月是妩媚，满月是清澈，风来不禁倾耳到屋后的松籁，雨霁不禁放眼到墙外的山光，一切的一切，都把他牢牢地捉住了。

想享受自然的乐趣，结果做了自然的奴隶，想做湖上诗人，结果做了湖上懒人。这也是他所当初万不料及，而近来深深地感到的苦闷。

"难道就这样过去吗？"他近来常常这样自讼，无论在小饮时，散步时，看山时。

壁间时钟打九时。

"咿呀！已九点钟了。时候过得真快！"妻拍醒伏在膝前睡熟的阿满，把工作收拾了，吩咐女仆和阿吉去睡。

他懒懒地从藤椅子上立起身来，走向书斋去。

"不做么，早睡罗！"妻从背后叮嘱。

"呃。"他回答，"今夜是一定要做些的了，难道就这样过去吗？从今夜起。"又暗自下了决心。

立时，他觉得全身就紧凑了起来，把自己从方才懒洋洋的气氛中拉出了，感到一种胜利的愉快。进了书斋门，急急地摸着火柴，把洋灯点起，从抽屉里取出一篇近来每日想做而终于未完工的短篇稿来，吸着烟，执着自来水笔，沉思了一会，才添写了几行，就觉得笔滞，不禁放下笔来，举目凝视到对面壁间的一幅画上去。那是朽道人十年前为他作的山水小景，画着一间小屋，屋前有梧桐几株，一个古装人儿在树下背负了手看月。题句是："明日事自有明日，且莫负此梧桐月色也。"他平日很爱这画，一星期前，他因看月引起了情趣，才将这画寻出，把别的画换了，挂在这里的。他见了这画，自己就觉得离尘脱俗，做了画中人了。昨夜妻睡梦中听到他念的，就是这画上的题句。

他吸着烟，向画幅悠然了一会，几乎又要蹰出书斋去。因了方才的决心，总算勉强把这诱惑抑住。同时，猛忆到某友人"清风明月不用一钱买，但是也不能抵一钱用"的话，不觉对这素来心爱的画幅，感到一种不快。

他立起身把这画幅除去。一时壁间空洞洞的，一室之内，顿失了布置上的均衡。

"东西是非挂些不可的，最好是挂些可以刺激我的东西。"

他这样自语，就自己所藏的书画中想来想去，忽然想到他的畏友弘一和尚的"勇猛精进"四字小额来。

"好，这个好！挂在这里，大小也相配。"

他携了灯，从画箱里费了许多工夫把这小额寻出，恐怕家里人惊醒，轻轻地钉在壁上。

"勇猛精进！"他坐下椅子去，默念着看了一会，复取了一张空白稿子，大书"勤靡余劳，心有常闲"八字，把图画钉钉在横幅之下。这是他在午睡前在《陶集》中看到的句子。

"是的，要勤靡余劳，才能心有常闲。我现在是身安逸而心忙乱啊！"他大彻大悟似的默想。

一切安顿完毕，提起笔来正想重把稿子续下，未曾写到一张，就听到外面时钟"丁"地敲一点。他不觉放下了笔，提起了两臂，张大了口，对着"勇猛精进"的小额和"勤靡余劳，心有常闲"八个字，打起哈欠来。

携了灯，回到卧室去。才出书斋，见半庭都是淡黄的月色，花木的影映在墙上，轮廓分明地微微摇动着。他信步跨出庭间，方才画上的题句不觉又上了他的口头：

"明日事自有明日，且莫负此梧桐月色也！"

（原载1926年9月《一般》第1卷第1号）

江行的晨暮

朱湘

　　太阳升上了有二十度；覆碗的月亮与地平
线还有四十度的距离。

美在任何的地方，即使是古老的城外，一个轮船码头的上面。

　　等船，在划子上，在暮秋夜里九点钟的时候，有一点冷的风。天与江，都暗了；不过，仔细地看去，江水还浮着黄色。中间所横着的一条深黑，那是江的南岸。

　　在众星的点缀里，长庚星闪耀得像一盏较远的电灯。一条水银色的光带晃动在江水之上，看得见一盏红色的渔灯。

　　岸上的房屋是一排黑的轮廓。

　　一条趸船在四五丈以外的地点。模糊的电灯，平时令人不快的，在这时候，在这条趸船上，反而，不仅是悦目，简直是美了。在它的光围下面，聚集着一些人形的轮廓。不过，并听不见人声，像这条划子上这样。

　　忽然间，在前面江心里，有一些黝黯的帆船顺流而下，没有声音，像一些巨大的鸟。

一个商埠旁边的清晨。

太阳升上了有二十度；覆碗的月亮与地平线还有四十度的距离。几大片鳞云粘在浅碧的天空里；看来，云好像是在太阳的后面，并且远了不少。

山岭披着古铜色的衣，褶痕是大有画意的。

水汽腾上有两尺多高。有几只肥大的鸥鸟，它们，在阳光之内，暂时的闪白。

月亮是在左舷的这边。

水汽腾上有一尺多高。在这边，它是时隐时显的；在船影之内，它简直是看不见了。

颜色十分清润的，是远洲的列树，水平线上的帆船。

江水由船边的黄，到中心的铁青，到岸边的银灰色。有几只小轮在喷吐着煤烟；在烟窗的端际，它是黑色，在船影里，淡青，米色，苍白；在斜映着的阳光里，棕黄。

清晨时候的江行是色彩的。

（选自《中书集》，1934年10月，上海生活书店）

从百草园到三味书屋

鲁迅

　　我疑心这是极好的文章。因为读到这里，他总是微笑起来，而且将头仰起，摇着，向后面拗过去，拗过去。

我家的后面有一个很大的园，相传叫作百草园。现在是早已并屋子一起卖给朱文公的子孙了，连那最末次的相见，也已经隔了七八年，其中似乎确凿只有一些野草；但那时却是我的乐园。

　　不必说碧绿的菜畦，光滑的石井栏，高大的皂荚树，紫红的桑椹；也不必说鸣蝉在树叶里长吟，肥胖的黄蜂伏在菜花上，轻捷的叫天子（云雀）忽然从草间直窜向云霄里去了。单是周围的短短的泥墙根一带，就有无限趣味。油蛉在这里低唱，蟋蟀们在这里弹琴。翻开断砖来，有时会遇见蜈蚣；还有斑蝥，倘若用手指按住它的脊梁，便会"啪"的一声，从后窍喷出一阵烟雾。何首乌藤和木莲藤缠络着，木莲有莲房一般的果实，何首乌有臃肿的根。有人说，何首乌根是有像人形的，吃了便可以成仙，我于是常常拔它起来，牵连不断地拔起来，也曾因此弄坏了泥墙，却从来没有见过有一块根像人样。如果不怕刺，还可以摘到覆盆子，像小珊瑚珠攒成的小球，又酸又甜，色味都比桑椹要好得远。

长的草里是不去的，因为相传这园里有一条很大的赤练蛇。

长妈妈曾经讲给我一个故事听：

先前，有一个读书人住在古庙里用功，晚间，在院子里纳凉的时候，突然听到有人在叫他。答应着，四面看时，却见一个美女的脸露在墙头上，向他一笑，隐去了。他很高兴。但竟给那走来夜谈的老和尚识破了机关，说他脸上有些妖气，一定遇见"美女蛇"了；这是人首蛇身的怪物，能唤人名，倘一答应，夜间便要来吃这人的肉的。他自然吓得要死，而那老和尚却道无妨，给他一个小盒子，说只要放在枕边，便可高枕而卧。他虽然照样办，却总是睡不着——当然睡不着的。到半夜，果然来了，"沙沙沙！"门外像是风雨声。他正抖作一团时，却听得"豁"的一声，一道金光从枕边飞出，外面便什么声音也没有了，那金光也就飞回来，敛在盒子里。后来呢？后来，老和尚说，这是飞蜈蚣，它能吸蛇的脑髓，美女蛇就被它治死了。

结末的教训是：所以倘有陌生的声音叫你的名字，你万不可答应他。

这故事很使我觉得做人之险。夏夜乘凉，往往有些担心，不敢去看墙上，而且极想得到一盒老和尚那样的飞蜈蚣。走到百草园的草丛旁边时，也常常这样想。但直到现在，总还没有得到，但也没有遇见过赤练蛇和美女蛇。叫我名字的陌生声音自然是常有的，然而都不是美女蛇。

冬天的百草园比较的无味；雪一下，可就两样了。拍雪人（将自己的全形印在雪上）和塑雪罗汉，需要人们鉴赏，这是荒园，人迹罕至，所以不相宜，只好来捕鸟。薄薄的雪，是不行的；总须积雪盖了地面一两天，鸟雀们久已无处觅食的时候才好。扫开一块雪，露出地面，用一支短棒支起一面大的竹筛来，下面撒些秕谷，棒上系一条长绳，人远远地牵着，看鸟雀下来啄食，走到竹筛底下的时候，将绳子一拉，便罩住了。但所得的是麻雀居多，也有白颊的"张飞鸟"，性子很躁，养不过夜的。

这是闰土的父亲所传授的方法，我却不大能用。明明见它们进去了，拉了绳，跑去一看，却什么都没有，费了半天力，捉住的不过三四只。闰土的父亲是小半天便能捕获几十只，装在叉袋里叫着、撞着的。我曾经问他得失的缘由，他只静静地笑道：你太性急，来不及等它走到中间去。

我不知道为什么，家里的人要将我送进书塾里去了，而且还是全城中称为最严厉的书塾。也许是因为拔何首乌毁了泥墙罢，也许是因为将砖头抛到间壁的梁家去了罢，也许是因为站在石井栏上跳下来罢……都无从知道。总而言之，我将不能常到百草园了。Ade，我的蟋蟀们！Ade，我的覆盆子们和木莲们！……

出门向东，不上半里，走过一道石桥，便是我的先生的家了。从一扇黑油的竹门进去，第三间是书房。中间挂着一块匾道：三味书屋。匾下面是一幅画，画着一只很肥大的梅花鹿伏在古树下。没有孔子牌位，我们便对着那匾和鹿行礼。第一次算是拜孔子，第二次算是拜先生。

第二次行礼时，先生便和蔼地在一旁答礼。他是一个高而瘦的老人，须发都花白了，还戴着大眼镜。我对他很恭敬，因为我早听到，他是本城中极方正，质朴，博学的人。

不知从哪里听来的，东方朔也很渊博，他认识一种虫，名曰"怪哉"，冤气所化，用酒一浇，就消释了。我很想详细地知道这故事，但阿长是不知道的，因为她毕竟不渊博。现在得到机会了，可以问先生。

"先生，'怪哉'这虫，是怎么一回事？……"我上了生书，将要退下来的时候，赶忙问。

"不知道！"他似乎很不高兴，脸上还有怒色了。

我才知道，做学生是不应该问这些事的，只要读书。因为他是渊博的宿儒，绝不至于不知道，所谓不知道者，乃是不愿意说。年纪比我大的人，往往如此，我遇见过好几回了。

我就只读书，正午习字，晚上对课。先生最初这几天对我很严厉，后来却好起来了，不过，给我读的书渐渐加多，对课也渐渐地加上字去，从三言到五言，终于到七言。

三味书屋后面也有一个园，虽然小，但在那里也可以爬上花坛去折蜡梅花，在地上或桂花树上寻蝉蜕。最好的工作是捉了苍蝇喂蚂蚁，静悄悄的没有声音。然而，同窗们到园里的太多，太久，可就不行了，先生在书房里便大叫起来：

"人都到哪里去了？"

人们便一个一个陆续走回去；一同回去，也不行的。他有一条戒尺，但是不常用，也有罚跪的规矩，但也不常用，普通总不过瞪几眼，大声道：

"读书！"

于是大家放开喉咙读一阵书，真是人声鼎沸。有念"仁远乎哉，我欲仁斯仁至矣"的，有念"笑人齿缺，曰狗窦大开"的，有念"上九潜龙勿用"的，有念"厥土……下上上错……厥贡……苞茅橘柚"的……先生自己也念书。后来，我们的声音便低下去，静下去了，只有他还大声朗读着：

"铁如意，指挥倜傥，一座皆惊呢——；金叵罗，颠倒淋漓噫，千杯未醉嗬——……"

我疑心这是极好的文章。因为读到这里，他总是微笑起来，而且将头仰起，摇着，向后面拗过去，拗过去。

先生读书入神的时候，于我们是很相宜的。有几个便用纸糊的盔甲套在指甲上做戏。我是画画儿，用一种叫作"荆川纸"的，蒙在小说的绣像上一个个描下来，像习字时候的影写一样。读的书多起来，画的画也多起来；书没有读成，画的成绩却不少了，最成片断的是《荡寇志》和《西游记》的绣像，都有一大本。后来，因为要钱用，卖给一个有钱的同窗了。他的父亲是开锡箔店的；听说现在自己已经做了店主，而且快要升到绅士的地位了。这东西早已没有了罢。

九月十八日

巴黎的书摊

戴望舒

如果你已倾了囊，那么你就走上须理桥去，倚着桥栏，俯看那满载着古愁并饱和着圣母祠的钟声的，赛纳河的，悠悠的流水，然后在华灯初上之中，闲步缓缓归去，倒也是一个经济而又有诗情的办法。

在滞留巴黎的时候，在羁旅之情中，可以算作我的赏心乐事的有两件：一是看画，二是访书。在索居无聊的下午或傍晚，我总是出去，把我迟迟的时间，消磨在各画廊中和河沿上。关于前者，我想在另一篇短文中说及，这里，我只想来谈一谈访书的情趣。

　　其实，说是"访书"，还不如说在河沿上走走或在街头巷尾的各旧书铺进出而已。我没有要觅什么奇书孤本的蓄心，再说，现在已不是在两个铜元一本的木匣里翻出一本*Pâtissier Francais*的时候了。我之所以这样做，无非为了自己的癖好，就是摩娑观赏一回，空手而返，私心也是很满足的。况且，薄暮的赛纳河，又是这样的窈窕多姿！

　　我寄寓的地方是Rue del' Echaudé（莱秀代路），走到赛纳河边的书摊，只需沿着赛纳路步行约摸三分钟，就到了。但是我不大抄这近路，这样走的时候，赛纳路上的那些画廊，总会把我的脚步牵住的。再说，我有一个从头看到尾的癖，我宁可兜远路顺着约可伯路，大学路，一直走到巴克路，然后从巴克路走到王桥头。

赛纳河左岸的书摊，便是从那里开始的，从那里到加路赛尔桥，可以算是书摊的第一个地带，虽然位置在巴黎的贵族的第七区，却一点也找不出冠盖的气味来。在这一地带的书摊，大约可以分这几类：第一是卖廉价的新书的，大都是各书店出清的底货，价钱的确公道，只是要你会还价。例如旧书铺里要卖到五六百法郎的勒纳尔（J.Renard）的《日记》，在那里，你只需花二百法郎光景就可以买到，而且是崭新的。我的加梭所译的赛尔房德思（Cervantes，塞万提斯）的《模范小说》，整批的《欧罗巴杂志丛书》，便都是从那儿买来的。这一类书，在别处也有，只是没有这一带集中吧。其次是卖英文书的，这大概和附近的外交部或奥莱昂车站多少有点关系吧。可是，这些英文书的买主却并不多，所以花两三个法郎从那些冷清清的摊子里把一本初版本的《万牲园里的一个人》带回寓所去，这种机会，也是常有的。第三是卖地道的古版书的，十七世纪的白羊皮面书，十八世纪饰花的皮脊书等，都小心地盛在玻璃的书框里，上了锁，不能任意地翻看，其他价值较次的古书，则杂乱地在木匣中堆积着，对着这一大堆你挨我挤着的古老的东西，真不知道如何下手。这种书摊前，比较热闹一点，买书大多数是中年人或老人。这些书摊上的书，如果书摊主是知道值钱的，你便会被他敲了去；如果他不识货，你便沾了便宜来。我曾经从那一带的一位很精明的书摊老板手里，花了五个法郎买到一本一七六五年初版本的Du Laurens（杜·劳伦斯）的 *Imirce*（《伊

188

米兰思》），至今犹有得意之色：第一，因为 *Imirce* 是一部子禁书；其次，这价钱实在太便宜也。第四类是卖淫书的，这种书摊在这一带上只有一两个，而所谓淫书者，实际也仅仅是表面的，骨子里并没有什么了不得，大都是现代人的东西，写来骗骗人的。记得靠近王桥的第一家书摊，就是这一类的。老板娘是一个四五十岁的虔婆。当我有一回逗留了一下的时候，她就把我当作好主顾而怂恿我买，使我留下极坏的印象，以后就敬而远之了。其实那些地道的"珍秘"的书，如果你不愿出大价钱，还是要费力气角角落落去寻的。我曾在一家犹太人开的破货店里一大堆废书中，翻到过一本原文的 Cleland（克莱兰德）的 *Fanny Hill*（《芬妮·希尔》），只出了一个法郎买回来，真是意想不到的事。

从加路赛尔桥到新桥，可以算是书摊的第二个地带。在这一带，对面的美术学校和钱币局的影响是显著的。在这里，书摊老板是兼卖版画图片的，有时，小小的书摊上挂得满目琳琅，原张的蚀雕，从书本上拆下的插图，戏院的招贴，花卉鸟兽人物的彩图，地图，风景片，大大小小各色俱全，反而把书列居次位了。在这些书摊上，我们是难得碰到什么值得一翻的书的，书都破旧不堪，满是灰尘，而且有一大部分是无用的教科书，展览会和画商拍卖的目录。此外，在这一带，我们还可以发现两个专卖旧钱币纹章等而不卖书的摊子，夹在书摊中间，作一个很特别的点缀。这些卖画、卖钱币的摊子，我总是望望然而去之的。（记得有一天，一位法国朋友拉着我在这些钱币摊子前逗留了长久，他看得津津有味，我却委实十分难受。以后，到河沿上走，总不愿和别人一道了。）然而，在这一带却也有一两个很好的书摊子。一个摊子是一个老年人摆的，并不是他的书特别比别人丰富，却是他为人特别和气，和他交易，成功的回数居多。我有一本高克多（Cocteau，科克托）亲笔签字赠给诗人费尔囊·提华尔（Fernand Divoire）的 *Le Grand Ecart*，便是从他那儿以极廉的价钱买来的；而我在加里马尔书店买的高克多亲笔签名赠给诗人法尔格（Fargue）的初版本 *Opéra*（《歌剧院》），却使我花了七十法郎。但是我相信这是他错给我的，因为书是用蜡纸包封着，他没有拆开来看一看；看见了那献辞的时候，他也许不会这样便宜卖给我。另一个摊子，是一个青年人摆的，书的选择颇精，大都是现代作品的初版和善本，所以常常得到我的光顾。我只知道这青年人的名字叫昂德莱，因为他的同行们这样称呼他。人很圆滑，自言和各书店很熟，可以弄得到价廉物美的后门货，如果顾客指定要什么书，他都可以设法。可是我请他弄一部《纪德全集》，他始终没有给我办到。

可以划在第三地带的，是从新桥经过圣米式尔场到小桥这一段。这一段是赛纳河左岸书摊中的最繁荣的一段。在这一带，书摊比较都整齐一点，而且方面也多一点，太太们家里没事，想到这里来找几本小说消闲，也有；学生们贪便宜，想到这里来买教科书、参考书，也有；文艺爱好者到这里来，寻几本新出版的书，也有；学者们要研究书，藏书家要善本书，猎奇者要珍秘书，都可以在这一带获得满意而回。在这一带，书价是要比他处高一些，然而总比到旧书铺里去买便宜。健吾兄觅了长久，才在圣米式尔大场的一家旧书店中觅到了一部《龚果尔日记》，花了六百法郎喜欣欣地捧了回去，以为便宜万分，可是在不久之后，我就在这一带的一个书摊上发现了同样的一部，而装订却考究得多，索价就只要二百五十法郎，使他悔之不及。可是，这种事是可遇而不可求的。跑跑旧书摊的人，第一不要抱什么一定的目的，第二要有闲暇和耐心，翻得有劲儿，便多翻翻，翻倦了，便看看街头熙来攘往的行人，看看旁边赛纳河静静的逝水；否则，跑得腿酸汗流，眼花神倦，还是一场没结果回去。话又说远了，还是来说这一带的书摊吧。我说这一带的书较别带为贵，也不是胡说的，例如整套的 *Echanges*（《交流》）杂志，在第一地带中买，只需十五个法郎，这里，却一定要二十个，少一个不卖；当时，新出版原价是二十四法郎的 Céline（赛林）的 *Voyage au bout de la nuit*（《长夜漫漫行》），在那里买，也非十八法郎不可，竟只等于原价的七五折。这些情形，有时会令人生气，可是为了要读，也不得不买回去。价格最高的，是靠近圣米式尔场的那两个专卖教科书、参考书的摊子。学生们为了要用，也不得不硬了头皮去买，总比买新书便宜点。我从来没有做过这些摊子的主顾，反之，他们倒做过我的主顾。因为我用不着的参考书，在穷极无聊的时候，总是拿去卖给他们的。这里，我要说一句公平话：他们所给的价钱，的确比季倍尔书店高一点。这一带，专卖近代善本书的摊子只有一个，在过了圣米式尔场不远快到小桥的地方。摊主是一个不大开口的中年人，价钱也不算顶贵，只是，他一开口你就莫想还价；就是答应你，还也是相差有限的，所以看着他陈列着的《泊鲁思特全集》，插图的《天方夜谭》全译本，Chirico（基里科）插图的阿保里奈尔（Apollinaire，阿波里耐）的 *Calligrammes*，也只好眼红而已。在这一带，诗集似乎比别处多一些。名家的诗集，花四五个法郎就可以买一册回去，至于较新一点的诗人的集子，你只要到一法郎或甚至五十生丁的木匣里去找就是了。我的那本仅印百册的Jean Gris（让·格里斯）插图的Reverdy（雷弗迪）的《沉睡的古琴集》，超现实主义诗人Gui Rosey（居伊·罗塞）的《三十年战争集》，等等，便都是从这些廉价的木匣子里翻出来的。还有，我忘记说了，这一带还有一两个专卖乐谱的书铺，只是对于此道我是门外汉，从来没有去领教过罢。

从小桥到须里桥那一段，可以算是河沿书摊的第四地带，也就是最后的地带。从这里起，书摊便渐渐地趋于冷落了。在近小桥的一带，你还可以找到一点你所需要的东西，例如有一个摊子就有大批N.R.F.和Crasset出版的书，可是那位老板娘讨价却实在太狠，定价十五法郎的书，总要讨你十二三个法郎，而且又往往要自以为在行，凡是她心目中的现代大作家，如摩里向克、摩洛阿、爱眉（Aymé）等，就要敲你一笔竹杠，一点也不肯让价；反之，像拉尔波、茹昂陀、拉第该、阿朗等优秀作家的作品，她倒肯廉价卖给你。从小桥一带再走过去，便每况愈下了。起先是虽然没有什么好书，但总还能维持河沿书摊的尊严的摊子，以后呢，卖破旧不堪的通俗小说杂志的也有了，卖陈旧的教科书和一无用处的废纸的也有了，快到须里桥那一带，竟连卖破铜烂铁，旧摆设，假古董的也有了；而那些摊子的主人呢，他们的样子和那在下面赛纳河岸上喝劣酒、钓鱼或睡午觉的街头巡阅使（Clochard），简直就没有什么大两样。到了这个时候，巴黎左岸书摊的气运已经尽了，你的腿也走乏了，你的眼睛也看倦了，如果你袋中尚有余钱，你便可以到圣日尔曼大街口的小咖啡店里去坐一会儿，喝一杯儿热热的浓浓的咖啡，然后把你沿路的收获打开来，预先摩娑一遍；否则，如果你已倾了囊，那么你就走上须里桥去，倚着桥栏，俯看那满载着古愁并饱和着圣母祠的钟声的，赛纳河的，悠悠的流水，然后在华灯初上之中，闲步缓缓归去，倒也是一个经济而又有诗情的办法。

　　说到这里，我所说的都是赛纳河左岸的书摊，至于右岸的呢，虽则有从新桥到沙德莱场，从沙德莱场到市政厅附近这两段，可是因为传统的关系，因为所处的地位的关系，也因为货色的关系，它们都没有左岸的重要。只在走完了左岸的书摊尚有余兴的时候，或从卢佛尔（Louvre）出来的时候，我才顺便去走走，虽然间有所获，如查拉的 *L' homme approximatif*（《大板诗集》）或卢梭（Henri Rousseau）的画集，但这是极其偶然的事；通常，我不是空手而归，便是被那街上的鱼虫花鸟店所吸引了过去。所以，原意去"访书"，而结果买了一头红头雀回来，也是有过的事。

（原载1937年7月16日《宇宙风》第45期）

书房的窗子

杨振声

　　西窗的风趣，正不止此，压山的红日徘徊
于西窗之际，照出书房里一种透明的宁静。苍
蝇的搓脚，微尘的轻游，都带些倦意了。

说起窗子，那真是人类穴居之后一点灵机的闪耀，才发明了它。它给你清风与明月，它给你晴日与碧空，它给你山光与水色，它给你安安静静地坐于窗前，欣赏着宇宙的一切。一句话，它打通与你天然的界限。

　　窗子的功用，虽是到处一样，而窗子的方向，却有各人的嗜好不同。陆放翁的"一窗晴日写黄庭"，大概指的是南窗。我不反对南窗的光明与健康，特别在北方的冬天，南窗放进满屋的晴日，你随便拿一本书坐在窗下取暖，书页上的诗句全浸润在金色的光浪中，你书桌旁若有一盆蜡梅，那就更好。以前在北平只值几毛钱一盆，高三四尺者，亦不过一两元。蜡梅比红梅色雅而秀清，价钱并不比红梅贵多少。那么，就算有一盆蜡梅罢。蜡梅在阳光的照耀下，荡漾着芬芳，把几枝疏脱的影子，漫画在新洒扫的兰砖地上，如漆墨画。天知道，那是一种清居的享受。

东窗的初红里迎着朝曦，你起来开了格扇，放进一屋的清新。朝气洗涤了昨宵一梦的荒唐，使人精神清振，与宇宙万物一体更新。假使你窗外有一株古梅或是海棠，你可以看"朝日红妆"；有海，你可以看"海日生残夜"；一无所有，看朝霞的艳红，再不然，看想象中的邺宫，"晓日靓装千骑女，白樱桃下紫纶巾"。

　　"挂起西窗浪按天"，这样的西窗，不独坡翁喜欢，我们谁都喜欢。然而，西窗的风趣，正不止此，压山的红日徘徊于西窗之际，照出书房里一种透明的宁静。苍蝇的搓脚，微尘的轻游，都带些倦意了。人在一日的劳动后，带着微疲放下工作，舒适地坐下来吃一杯热茶，开窗西望，太阳已隐到山后了。田间小径上，疏落地走着荷锄归来的农夫，隐约听见母牛"哞哞"地唤着小犊同归。山色此时已由微红而深紫，而黝蓝。苍然暮色也渐渐笼上山脚的树林。西天上，独有一缕镶着黄边的白云，冉冉而行。

　　然而我独喜欢北窗。那就全是光的问题了。

　　说到光，我有一个偏向，就是不喜欢强烈的光而喜欢清淡的光，不喜欢敞开的光而喜欢隐约的光，不喜欢直接的光而喜欢反射的光。就拿日光来说罢，我不爱中午的骄阳，而爱"晨光之熹微"与落日的古红。纵使光度一样，也觉得一片平原的光海，总不及山阴水曲间光线的隐翳，或枝叶扶疏的树荫下光波的流动。至于反光，更比直光来得委婉。"残夜水明楼"，是那般的清虚可爱；而"明清照积雪"，使你感到满目清晖。

　　不错，特别是雪的反光。在太阳下是那样霸道，而在月光下却又这般温柔。其实，雪的反光在阴阴天宇下，也蛮有风趣。特别是新雪的早晨，你一醒来，全不知道昨宵降了一夜的雪，只看从纸窗透进满室的虚白，便与平时不同，那白中透出银色的清晖，湿润而匀净，使屋子里平添一番恬静的滋味。披衣起床且不看雪，先掏开那尚未睡醒的炉子，那屋里顿然煦暖。然后再从容揭开窗帘一看，满目皓洁，庭前的枝枝都压垂到地角上了。望望天，还是阴阴的，那就准知道这一天你的屋子会比平常更幽静。

至于拿月光与日光比，我当然更喜欢月光。在月光下，人是那般隐藏，天宇是那般的素净。现实的世界退缩了，想象的世界放大了。我们想象的放大，不也就是我们人格的放大？放大到感染一切时，整个的世界也因而富有情思了。"疏影横斜水清浅，暗香浮动月黄昏"，比之"睛雪梅花"更为空灵，更为生动；"无情有恨何人见，月亮风清欲坠时"，比之"枝头春意"更富深情与幽思；而"宿妆残粉未明天，每立昭阳花树边"，也比"水晶帘下看梳头"更动人怜惜之情。

这里不止是光度的问题，而且是光度影响了态度。强烈的光使我们一切看得清楚，却不必使我们想得明透；使我们有行动的愉悦，却不必使我们有沉思的因缘；使我们像春草一般地向外发展，却不能使我们像夜合一般地向内收敛。强光太使我们与外物接近了，留不得一分想象的距离。而一切文艺的创造，绝不是一些外界事物的推拢，而是事物经过个性的熔冶、范铸出来的作物。强烈的光与一切强有力的东西一样，它压迫我们的个性。

以此，我便爱上了北窗。南窗的光强，固不必说；就是东窗和西窗也不如北窗。北窗放进的光是那般清淡而隐约，反射而不直接。说到反光，当然便到了"窗子以外"了，我不敢想象窗外有什么明湖或青山的反光，那太奢望了。我只希望北窗外有一带古老的粉墙。你说，古老的粉墙？一点不错。最低限度地要老到透出点微黄的颜色；假如可能，古墙上生几片青翠的石斑。这墙不要去窗太近，太近则逼仄，使人心狭；也不要太远，太远便不成为窗子屏风；去窗一丈五尺左右便好。如此，古墙上的光辉反射在窗下的桌上，润泽而淡白，不带一分逼人的霸气。这种清光，绝不会侵凌你的幽静，也不会扰乱你的运思。它与清晨太阳未出以前的天光，及太阳初下，夕露未滋，湖面上的水光，同是一样的清幽。

假如，你嫌这样的光太朴素了些，那你就在墙边种上一行疏竹。有风，你可以欣赏它婆娑的舞容；有月，窗上迷离的，是潇潇的竹影；有雨，它给你平添一番清退；有雪，那素洁，那清劲，确是你清寂中的佳友。即使无月无风，无雨无雪，红日半墙，竹荫微动，掩映于你书桌上的清晖，泛出一片青翠，几纹波痕，那般的生动而空灵。你书桌上满写着清新的诗句，你坐在那儿，纵使不读书也"要得"。

（原载1946年9月15日《经世日报·文艺周刊》第5期）

溪

陆蠡

　　我披着四月的雾，沐着五月的雨，栉着八月的风，踏着腊月的霜，急急忙忙到这溪边来。

你说你是志在于山，而我则不忘情于水。山黛虽则是那么浑厚，淳朴，笨拙，呆然若愚的有仁者之风，而水则是更温柔，更明洁，更活泼，更有韵致，更妩媚可亲，是智者所喜的。我甚至于爱沐在水底的一颗颗圆洁的卵石，在静止的潭底里的，往往长着毛茸茸的绿苔，在急湍的浅滩中，则被水磨掌得仅剩一层黄褐色的皮衣，阳光透过深浅不一的水层，投射在磊磊不平的石面，反映出闪动的金黄色的光圈。一粒之石岂不能看出整座的山岳来吗？卵石与粒沙孰大？山岳与世界孰小？倘能参悟这无关闳旨的微义，将不会怪我故作惊人之语了。

　　"给我一块石，便可以造出整个的山来。"也不过是一句老话的脱胎。

　　不知你有否打着赤足渡过一条汩汩小溪的经验？你的眼睛须得望着前面的一个目标，一株柳树或是一个柴堆；假使你褰着衣裳呢，则两手便失却保持平衡的功用了；脚下的卵石又坚硬，又滑，走平路时，落地的总是趾和踵，足心是娇养惯的，现在接触上这滑硬的石子，不好说痛，又不好说痒，自然而然便足趾拳曲拢来，想要缩回。眼光自动地离开前面的目标，移到滔滔流逝的水面，仿佛地在脚下奔驰，感到一阵晕眩。此时你刚走过小溪的一半，水淹没了半条腿的样子，挟着速度的水流从侧面一阵推荡，便会冷不防地被冲倒。等你站直身子来，已襦裳尽湿了。

　　我初次爱水有甚于山的时候，是在黄梅久雨后的晴天。雨丝帘幕似的挂在我的窗前，有半个多月了。"这是夏眠呢。"我想。一天早晨，靠东的窗格里透进旭红的阳光，"霍"地跳起身来，跑到隔溪的石滩上。松林的梢际笼着未散尽的烟霭，树脂的气息混合着百草的清香，尖短的柳叶上擎着夜来的雨珠，冰凉的石子摸得出有几分潮湿。一片声音引住了我，我仰头观看，啊！沿溪的一带岩岗，拍岸的"黄梅水"涨平了。延伸到水里的石级，上上下下都是捣衣的妇女。阳光底下，白的衣被和白的水融成一片。韵律的砧声在近山回响着。"咚！"一只不可见的手拨动了我的一根心弦，于是我爱上这汤汤的小溪，"洋洋乎志在流水"了。我摹绘着，假如这是在月光里，水色、衣色和月色织成一片，不见捣衣的动作，而只有万山齐应的砧声，"长安一片月，万户捣衣声"，那便未免有玉关哀怨之情，弥漫着离愁之境了。我宁愿看到晨曦里的浣妇，她们的身旁还玩着梳着总角髻的孩子，拿一根柴枝，在一片树叶上或一团乱草上使劲地捶，学着姊姊和妈妈们的动作。

　　我初次爱水有甚于山的时候，是在我游罢归来之后。自从泛迹彭蠡，五湖于我毫无介恋，故乡的山水乃如蛇啮于心，萦回于我的记忆中了。我在别处所看到的，大都是莽莽的平原，难得有一块出奇的山。湖沼是有的，那是如妇人在晓妆时被懒欠呵昙了的镜，或如净下一脸脂粉的盆中的水，暗蒙而厚腻的；河流也见得很多，每每是黄，或者发黑，边上浮着朱门里倾倒出来的鱼片、肉片、菜片，如同酒徒呕出来的唾沫。我如怀恋母亲似的惦记起故乡的山水了。我披着四月的雾，沐着五月的雨，栉着八月的风，踏着腊月的霜，急急忙忙到这溪边来。倘使我做了大官回来，则挂冠之后，辟芜芟秽，葺舍书读于山涯水涯，岂不清高之至！而我往来只是一条穷身，所以冒清早背着手来望这一片捣衣了。

人每每有溯源穷流的爱好，这探索的德性我颇重视。你问这溪流源出自什么地方，这事我恰恰知道。我在很小的时候开始用"呜呼"起头做作文的时候便知道了。那是一位花白胡须的先生告诉我的。我以后也没有去翻考县志、通志，所以我知道的只限于此。我讨厌别人背诵着县志里的典故和诗词，我也不看名人壁上的题句，我不愿浪费我的强记。你该以我回答你的问题为满足了。这溪流发源于鹧鸪山，用这多啼的鸟命山，是落入宋人风格的，则此山的命名肇于宋代可知。那也该在南迁之后。则我的祖先耕牧于这山水之间，已八百年于兹了。

你看这溪流曲折，在转角的岩壁之下汇成深潭。潭中有很大的鱼，一种有着粗的鳞，红的鳍，绿的眼，金黄的腹和青黑的背，是极活泼的鱼，我们叫作"将军"，在水中是无敌的，一出水，立刻便死了，这颇合于英雄的本色。这潭里的鱼虽肥且多，可是不准捞捕，岩上不是镌着"放生"的大字么？垂钓是可以的。你有"猫儿耐心乌龟性"么？当然可以披上蓑衣，戴上箬笠，斜风细雨中，把两根钓竿同时放在水里。我也钓过的。那是阴雨迷蒙的天，打在身上的雨好像雾一样，整半天也不会潮湿。这样的雾雨落水便无声了，只把水面罩上一层轻烟，而水中的人影便隐约得好像在锈上了铜绿的被时代遗弃了的古铜镜里照见的面颜。说鱼儿是因为看不清钓者的脸，才大胆地浮上水面来游戏呢。这里我不想引物理学折光的原理来证明鱼在水中所能望及水岸上的可怜的狭小的视野。不是在谈钓鱼么，我钓鱼了。我带了几把米，罐里放了几条虫。我怕虫，还是央邻哥儿替我钩上去的。放钓了，在虫上啐了一口吐沫，抛了出去，"咝……"在水面上撒上一把米，说"大鱼不来小鱼来"。啊，便耐心等着，许久，不见动静，"咝……"复撒上一把米，等着，等着，仍是一丝不见动静，邻哥儿却捞了半尺长的金鲤鱼了。"咝……咝……"我复撒上一把米，白的米在水中一摇一晃地沉下，我的浮标依然不见动静。我开始想，这撒下白米是什么意思？这无耻的鱼！是听见"咝……咝……"的声音便疑是坠下什么东西来了前来觅食么，还是看到这白色耀眼的米来察看究竟是什么的出于好奇之感？看看衣袋里的米撒完了，我抓了一把沙，"咝……咝……"毫不吝惜地撒下去，过了半天，浮标动了，捞上来的是一寸长的鲫鱼。我笑了，我的半袋白米！我以后就简直灰心得懒得垂钓了。

你不看这溪岸么？山岗自远处迤逦而来，到这溪边成了断壁。壁下被流水冲空了的岩麓像是巨龙的口，像是饮水的巨龙。那向左蜿蜒起伏的便是龙尾。对，此地便名叫龙头。这头上有一块草木不生的岩皮。告诉你一个故事罢，这故事不载于府志，不载于县志，不载于"笔记"，不载于"志异"，而我恰恰知道。原来这片岩岗是活龙头。从前，一位堪舆先生说，这龙头是大吉祥之地，当时有人不信，他便说："你去站在龙尾，我站在龙头大喝一声，龙尾便该拨动起来。"他们这样做了。堪舆先生站在龙头大喝一声，龙尾动了。于是站在龙尾的便派了一个孩子传语道："龙尾动了。"而这孩子口齿不清传错了，说："龙不动了。"堪舆先生大怒，遂喝道："畜生，该剥皮哪！"于是龙头上便成了一个疮疤，一年四季不生青草。

然而，看你的目光移上这溪边东西两端的两棵大树，让我把所知的再告诉你罢。

既然是龙头，则龙头岂可无角。是哟！这溪东西两尽头的两株数合抱的大樟树，岂不是嵯峨的两只龙角。因为是龙的角，所以十数年前樟脑腾贵的时候幸未被商人采伐，制成樟脑运销到金元之邦。东端的树下，我是熟识的。秋时，鸦雀吞食樟子，果皮消化了，撒下一颗颗坚硬的乌黑的种子，亮晶晶的，看来一点也不肮脏。我们是整衣袋装着，当作弹子用竹弓打着玩的。樟树朝南向溪的方向，挖了一个窟窿，这是无知的妇女所做的伤残。她们求樟神的保佑，要给她们中了花会——这是妇女们中间流行着的一种赌博——竟不惜向大树跪拜，磕头许愿说着了之后拿三牲福礼请它。结果是没有中。愤怨使她们迁怒于树身，便在树根近傍凿了一个窟洞，据说，凿时还有血浆流出来哩。这树底下是我们爱玩的地方，这树荫覆着我的童年，愿它永远葱茏郁茂罢。至于西边长着另一株树的地方，是一个幽僻的所在。那儿一带都是无主的荒坟。说时常有男女到那里去幽会，那想怕不是真的。直到现在我还不曾细细去踏一遍。我仅遥望着树下双双的池塘，被蓼莪和菖蒲湮塞。夏初，布谷从乱草中吐出啼声来。

让我们的幻想不要窜进那阴暗的坟窝，让我们记忆的眼睛落在昼夜不息地渲潺着的小溪的岸上。浣衣妇一一携着衣篮归去了，把白的衣被无秩序地铺晒在岩上，石上，草上，令远处望来的人会疑是偃卧着的群羊，恍如闹市初散，溪边留下一片寂寞。屋背的炊烟从黑烟变成白烟了，那是早饭要熟的时节。我颇不想离开这可爱的小溪。想到会有一天仍将随着溪水东流而下，复回复到莽莽的平原去看看被懒欠呵昙了的妇人的妆镜和洗下油脂腻粉的脸水似的湖沼，或到带着酒气和血腥的黄浊的河流边去过活时，不胜悲哀。

秋

／陆蠡

　　当灯光把芦花的影放大映在壁上，现出幢幢的黑影来时，我感到四壁皆秋了。

秋是精修的音乐师（Virtuoso），而是绘画的素手（Amateur），一天我做了这样的发现。这平凡的发现，于我成了一种小小的秘密。当时，我想在地上挖个窟窿，把这秘密偷偷地告诉给它，心怕瑟瑟的衰柳是一个嘴巴不稳的虔婆，则我将成为可笑的人了，便始终不曾这样做。今夜，西风扑了一个满窗，听四野的秋声又起，遂忽然在脑际浮起了这被掩埋着的比喻，复喜你远道来望我的厚意，并且看你的衣衫上赍着一襟秋凉，未免有几分怀感，所以便谈起秋来了。

　　我爱秋，我爱音乐，也爱绘画。倘使你不嫌我这样的说法，不嫌我用这样无奇的笔调作故事的开头，让我告诉你一个拙于手和笔者的悲哀吧。在一个秋天，八年前的秋天，夜里，旋风在平地卷起尘沙，庭院的拐角堵风的所在，学校的庭院，那时我是一个不折不扣的学生哩。处处积着梧桐树和丹枫的广阔的黄地红斑的落叶，人走过时"沙沙"作响。这时候却没有殷勤的校役用粗笨的扫帚东一下西一下地把枯叶堆聚拢来，在庭院的空地上点起一把火，好像菩萨庙前的庭燎；或是用一根头端插着粗铁丝的竹棒逐枚地拣拾着零散的叶子，放在腰边的一只竹篓里——这些，我总嫌是多事的。这是一个刮风的夜，一个萧索的夜，且夕将死的秋虫的鸣声愈见微弱可哀了。我们是在学校的琴室里面，我们在教师的面前复习着半周来熟练着的指定的琴课。我们一共八九个人，有的练习着Beyer（拜尔）初级课本，有的使劲地敲着单调乏味的Hanon（哈农）指法，有的弹到Sonata in C. Major（C小调奏鸣曲）。我呢，正学习着一支Sonatina（小奏鸣曲），哪一支呢，现在我记不得。总之，那本厚厚的Album（琴谱）中书页子的半数，是给我揉得漆黑，而角上也皱卷得不成样了。教师严格地指摘着每一个音符的指触和旋律的起承转合，时常用他的粗大的手指敲着每一个弹错了的音键，唤起你的注意。那天晚上，我不知怎的，总是注意到屋外的风声，似乎在担心着屋前"瞿瞿"叫着的秋虫的命运。直到一个同学在我的臂上拧了一下，我才知道是轮到我复习的时候了。望着严峻的教师，心中便有几分惴惴。第一节过后变调的地方便弄错了。"E flat，E flat（降E大调）！"巨大的毛手掠过我的面前，粗的手指落在一个黑键上。我手法更乱了，脸红了起来。"Staccato，Staccato（断奏）！"教师喊着说。我好像没有听见他的话，自顾自地胡乱弹了一通。终了的时候，教师皱着眉一声不响，在谱上批了"Repeat on Next Monday（下周一重新练习）"几个红铅笔粗字。当时我就想：假如我有一支画笔，安知我不能描出这人间的歌曲，这万籁的声音，悲壮的，凄凉的，急骤的，幽静的，夏午静睡着的山谷里生物的嘘息，秋宵月光下烟般飘散着大自然的低吟，于是遂生了畏难之心。等到后来，每逢听到珠般圆润的琴声而妒羡着如风般滑过黑白相错的键盘的手时，我是失去我的机会了。

于是复在另一个秋天，四年前的秋天，我已经在一个没落的古城中的一个学校里做一群孩子的导师了。我从城里乘车到离城三四十里外的分校去，是早晨，天色是蒙暗的，没太阳。空气中浮悬着被风刮起来的尘土，四周望去是黄褐色的一圈，头顶上是鼠灰色的大圆块。啊！我在溪岸望见一片芦花！在灰色的天空下摇摆着啊摇摆着！"多拙劣的设色！"我想。回来的时候，我便在一张中国纸上涂了一层模拟天色的极淡极淡的花青，用淡墨和浓沈，斜的纵的撇出长剑似的芦叶，赭黄的勾竖算是穗和梗，点点的白粉是代表一片芦花……水天相接的远处，三三两两地投下一些白点，并且还想在上边加上一笔山影……右角天空空白的地方我预备写上这样的两行诗句：

是西风错漏出半声轻叹，
秋葭一夜就愁白了头啦。

但是，啊！我笔底所撇的只是一堆乱草，毫无遒劲之致。而芦穗则是硬挺挺的，像柄扫帚，更不消说有在西风里偃俯的样子。我生气了，我掷下笔，撕碎了纸，泼翻了花青，我感到一阵悲哀。我抱怨天赋我的这双笨拙的手。不然，生活便增添了多少的点缀呢！

但是幻想并不能消灭。昨晚，友人持来一枝芦花，插在我的花瓶里，这瓶里从来不曾插过什么花，说："送你一个秋。"真的，当灯光把芦花的影放大映在壁上，现出幢幢的黑影来时，我感到四壁皆秋了。夜里，我梦见芦花摇落了一床，像童话中的公主，睡在厚厚的天鹅绒的茵褥上，我是睡在芦花的茵褥上，绵软而舒适，并且还闻着新刈的干草的香。我很满意，但是仍然辗转睡不着，似乎有一颗幻想的豆大的东西透过厚软的褥子，抵住我的脊心……

"那你是一位真正的皇子了……"

我又继续着晚秋的梦……这回我是到我所熟识的溪畔来了。仍是夜里，头上的天好像穿了许多小孔的蓝水晶的盖，漏下粒粒的小星，溪中显出的是蓝水晶的底，铺满了粒粒的小星，而我却在这底和盖的中间，好像嵌在水晶球里的人物。我疑心脚步重点便会把它蹴破了，所以我便静静地望着，静静地听，听啊，谁在吹起芦荻来了。

一枝小芦荻，

采自溪之滨，

溪水清且涟，

荻韵凄复清。

一枝小芦荻，

长自溪之滨。

吹起小芦荻，

能使百草惊，

宿鸟为我啼，

流水为我吟；

吹起小芦荻，

万籁齐和应。

深夜漫行者，

闻吾芦荻声，

若明又若暗，

或远又或近。

深夜漫行者，

随我荻声行。

一枝小芦荻，

采自溪之滨，

……

　　我的眼光随着歌声望去。心想："谁在吹这芦荻呢？"但是星光底下甚为朦胧。我从纵横交错的叶底望去，仿佛看到一个白色的人影，靠坐在芦叶编成的吊床上随风摇摆着身躯哩。"这是诱人的女水妖还是像我一样的秋的礼赞者呢？"我想。我试"啊哈！"呛咳一声，惊她一惊，人影消失了。睁眼一看，乃是一片芦花！我惘然。我悟及我所听到的是我从前哼过的一支短歌，是孩子时唱的短歌，适才不留神间脱口而出了。我怔着。若不是天空一声嘹亮的唳声唤回我的意识，大约还呆在那里，对芦花作一番惆怅！

　　"我倒乐意听你的无稽之梦，且让我提起一句古话：说'痴人说……'什么的啊！你皱起眉头来么？"

我也不难告诉你一些不是梦的东西。但是，你相信那些都是真实的么？不过我所谈的殊不值智的一哂。风劲了，倘不想睡，你得多添一件夹衣。